KB176403

새로운 지평을 위하여

새로운 지평을 위하여

이수회 제3수필집

푸른사상

알찬 열매의 결실을 기대하면서

이수회(梨隨會) 회장 정 순 자

세 번째 수필집 『새로운 지평을 위하여』를 상재上梓합니다. 2002년 2월에 출간한 첫 번째 수필집 『원석을 캐는 마음으로』에서 우리들의 묻혀 있던 재능을 발굴하여 세상을 향하여 고고성呱呱聲을 울렸다면, 2003년 5월에 발간한 두 번째 수필집 『내 마음의 보석』에서는 우리들 속에 숨어 있는 소중한 보석, 곧 우리들의 마음을 담아낸 수필을 세상에 보낸 것입니다.

이제 세 번째로 『새로운 지평을 위하여』에서는 문학을 통하여 새로운 세계를 보고자 합니다. 이수회 회원들은 불혹不惑의 나이도 몇 있기는 하나 대부분 지천명知天命을 지나 이순耳順에 이른 분들입니다. 그 중에는 고희古稀의 연세가 되신 분, 심지어 여든을 지난 분도 계십니다. 이 글을 쓰고 있는 저도 올해 고희가 되어 자식들이 마련해 주는 고희 잔치를 얼마 있지 않아 가질 예정입니다. 아마 우리들이 수필을 쓰는 계기를 갖지 않았다면, 일상의 생활에 묻혀 수필을 쓰는 '새로운 지평'을 보지 못하고 살았을 것이라고 생각됩니다. 그런 점에서 이화여대의 평생교육원은 우리들에게 큰 은혜를 베풀어 준 셈입니다. 왜냐하면 여기 수필집에 참여한 회원들은 전부 생활수필반에서 동고동락同苦同樂 하면서 수필을 배운 사람들이기 때문입니다.

이수회梨隨會 회원은 전문 문학인은 아닙니다. 물론 그 중에는 문단에 등단한 몇 분도 계십니다. 저만해도 지난 해 〈월간 문예사조〉를 통해 「찔레꽃」으로 신인 문학상을 받았습니다. 그러나 문인이라고 말하기에는 부끄럽습니다. 아니, 우리들은 문인이라기보다 문학을 좋아하는 동호인이라는 말이 맞습니다. 그 문인과 비문인의 경계를 어디쯤에서 그어야 할지 잘 모르겠습니다만, 앞으로는 그 경계가 날이 갈수록 애매해질 것이라고 나는 생각합니다. 문학은 좋아하는 사람끼리 모여서 즐기는 형태로 되어갈 것이라고 생각되기 때문입니다.

생활수필반에 들어와서 김상태 교수의 지도를 받으면서 수필을 쓰기 시작한 것이 2000년 3월부터이니 벌써 5년이나 된 것 같습니다. 세월은 빨리 지나가고 우리들의 발전은 무척이나 더딘 것 같은 생각이 듭니다. 하지만 첫 수필집과 제3 수필집을 비교해 보니, 장족의 발전을 한 것이 분명합니다. 모두들 이제는 당당한 수필가의 면모가 역력합니다.

그 동안 좋은 수필을 읽고, 또 스스로 우리들의 수필을 쓰면서 다른 어떤 모임에서 느낄 수 없는 두터운 우정을 가졌습니다. 대체로 우리가 쓴 수필을 반에 와서 발표하면서 합평회의 형태를 취했습니다. 잘 된 것은 인색하지 않게 음미하면서, 잘못된 곳은 날카롭게 지적할 때도 있었습니다. 모두들 자기 생활을 썼기 때문에 짧은 시간에서도 서로의 생활을 너무나 잘 알게 되었습니다. 그것이 우리를 더욱 가깝게 만든 것입니다.

우리가 문인인가 아닌가에는 개의하지 않습니다. 다만 좋은 글을 쓰기를 희망합니다. 이제 문학의 새로운 지평을 향하여 묵묵히 걸어갈 뿐입니다. 반드시 알찬 열매의 결실을 기대합니다.

끝으로 우리들을 이렇게까지 성장하도록 지도해 주신 김상태 교수님께 이 자리를 빌어 충심으로 감사한 마음 표합니다.

새로운 지평을 위하여

김 상 태

일생동안 소설 한 편 읽은 적이 없다는 사람을 나는 더러 만났다. 소설이야 거짓말인데 거짓말을 읽어서 무엇에 쓰느냐는 것이다. 같은 논리로 텔레비전의 드라마를 왜 보느냐, 연극이나 영화를 왜 보느냐고 말하기도 한다. 연속 드라마를 보기 위하여 외출도 못한다는 사람이 들으면 오히려 별난 사람도 다 있다는 듯이 고개를 흔들지도 모른다. 취미가 달라 그렇다고 말하면 그뿐이겠지만 대체로 이런 극단인 사람들은 자기 확신에 빠져서 그렇다. 아니면 모르는 세계는 아예 들어가 보지도 않으려고 하기 때문이다. 인간에게는 사실만이 중요한 것이 아니다. 허구 속에서도 사실보다 더 중요한 진실이 담겨 있는 경우가 있다. 왜냐하면 허구는 사실과 그 사실이 가능한 모든 것을 포함하고 있기 때문이다.

그런데 이 모든 것을 담고 있는 것이 말과 글이다. 말은 하루라도 쓰지 않으면 불편하니까 쓰지 않는 사람이 없겠지만 글을 읽고 쓰기를 싫어하는 사람은 인간의 삶 절반에 대하여 눈을 감고 있는 것과 같다. 읽는 것은 좋지만 쓰는 것은 시도조차 해 보지 않으려는 사람이 있다. 그런 사람 또한 삶의 많은 부분을 포기하고 있는 셈이다. 왜냐하면 좋은 글이냐 나쁜 글이냐를 떠나서 글 쓰기를 시도조차 해 보지 않는 사람은 글을 쓰는 사람에게 열리는 또 다른 지평을 체험할 수 없기 때문이다.

글을 쓰는 목적을 우리는 다음 세 가지로 요약할 수 있다. 잊지 않기 위해 쓰는 글, 지식을 전달하기 위하여 쓰는 글, 자기 마음을 표현하기 위해 쓰는 글이 그것이다. 우리의 기억은 한계가 있어서 시간이 지남에 따라 잊기 마련이다. 기억은 언제나 시간의 흐름과 반비례하게 되어 있다. 당대는 생생하게 기억되는 일도 몇 대만 지나면 언제 그런 일이 있었느냐는 듯이 망각 속에 묻히고 만다. 설사 입으로 전해서 기억된다고 하더라도 사실이 정확할 수가 없다. 그래서 돌에 새기고, 파피루스에 기록하고, 딱종이에도 적어서 후대 사람의 기억을 새롭게 한다.

지식을 전달하기 위하여 쓰는 글은 알고 있는 사실을 후손에게 전달하기 위하여 쓰는 경우다. 반드시 후손이 아니더라도 자신이 깨달았던 사실을 기록해 둠으로서 지식을 축적한다. 그 글이 진리를 담고 있거나 명문일 경우에는 후손들이 두고두고 읽고 익힌다. 『사서삼경四書三經』이 그렇게 해서 되었고, 불경과 성경이 그렇게 해서 성립되었다. 진리를 담았다고 주장하는 세상의 귀중한 서적들이 모두 그렇다.

자기의 마음을 표현하기 위하여 글을 쓰는 경우를 생각할 수 있다. 동물도 희로애락의 감정을 행동으로, 또는 소리로 표현한다. 그 점에서 인간도 마찬가지다. 놀랐을 때 '앗' 하고 소리를 친다든지, 기쁠 때 웃고 슬플 때 울음을 터뜨리는 것은 감정의 직설적인 표현이다. 그러나 인간은 이러한 본능적인 표현보다 고차적 차원의 표현을 갖고 있다. 그것이 인간의 언어다. 본능적인 표현보다 훨씬 정화된 고급화된 상징체계인 것이다. 바로 그 지점에서 인간과 동물이 구분되는 분계령이 시작된다고 보아도 좋다.

말과 글로 된 마음의 표현은 듣는 사람이 반드시 필요한 것은 아니다. 어린 아이가 말을 배우기 시작할 무렵에는 아무도 듣고 있지 않은데도 불구하고 혼자서 말하면서 즐겁게 논다는 것이다. 바로 이 점이 동물과 다른 인간만이 갖고 있는 특성이라고 슈잰랭거는 말하고 있다. 성장해도 이 성향은 변하지 않는다. 상대가 듣고 있든 말든 우리는 자기의 심정을 털어놓고 싶어한다. 들어주면 좋고 들어주지 않아도 내 마음을 표현하는 것으로 기쁨을 맛본다. 우리가 문예의 글을 쓴다고 할 때 대체로 세 번째의 경우를 두고 이른다. 물론 첫 번째, 두 번째의 글이 문예의 글이 된 경우도 없지는 않다. 그러나 대부분의 작품은 인간의 마음을 표현하기 위하여 쓰여진 글들이다.

마음을 표현하기 위하여 쓰는 글은 기록하기 위한 글이나 지식 전달을 위한 글과는 그 특성이 다르다. 우선 아름답고 감동을 주어야 한다. 아름답다는 말은 여러 가지 의미를 내포하고 있다. 같은 내용의 글임에도 불구하고 읽고 싶은 글이 있고 읽고 싶지 않은 글이 있다. 읽을 때 리듬이 즐거운 글이 있는가 하면 그렇지 못한 글이 있다. 한 마디로 표현의 미학을 지닌 글과 지니지 못한 글은 극단으로 말하면 문학이 되는 글과 문학이 되지 못하는 글로 나누어지는 것이다. 감동을 주는 글은 가슴을 뭉클하게 하는 글이다.

일상에서 듣고 보는 일이지만 감동을 받는 일이 있고 그렇지 못한 일이 있다. 대체로 선한 일이어야겠지만 개인에 따라 큰 차이를 보인다. 어떤 사람은 크게 감동을 받을 수 있지만 다른 사람은 전혀 무감동할 수가 있기 때문이다. 개인에 따라 사소한 사건을 경험하거나 작은 마음의 변화에도 섬세하게 전달되어 오는 감동을 느낄 수 있다.

마음의 표현은 결과적으로 문학 작품을 생산해 낸 것이지만 글 자체의 자족성까지 주장할 정도에 이르렀다. 신비평에서 말하는 작품의 자족성도 이와 통하는 말이다. 완결된 작품은 그 자체로서 자족성을 지닌다는 주장이 바로 그것이다. 메시지가 없어도 훌륭한 작품이 될 수 있다는 주장이다. 글 자체의 자족적 가치를 지니고 있다는 것이다.

흔히 말과 글은 우리들의 사고를 담는 그릇이라고 말한다. 그러나 그보다 말과 글은 우리의 사고를 만들어간다는 말이 맞다. 말과 글이 없었다면 고급화된 사고를 할 수 없다는 말이 된다. 말과 글을 통해서만이 명확한 사고를 이끌어낼 수 있다는 말이다. 따라서 글을 쓴다는 것은 막연하게 느끼고 생각한 덩어리를 명확한 실체로 바꾸어 놓는다는 것을 의미한다. 글을 쓴다는 것은 자신의 말로 사고를 한다는 의미와 같다. 다시 말하면 지금까지 남이 낸 사고의 길을 습관적으로 따라 걷던 것을 비로소 자력의 힘으로 사고의 길을 개척하는 것과 같다. 그 글이 비록 보잘것없고 제대로 표현된 것이 아니지만, 자기만이 가지는 사고의 새 지평을 연다는 것을 말한다.

아리스토텔레스는 비극을 보는 효과를 카타르시스(catharsis), 즉 정화淨化에 있다고 말한 바 있다. 정화란 불순물을 깨끗이 한다는 의미가 있다. 인간은 일상의 생활로 오염되기 때문에 때때로 정화시켜 줄 필요가 있다는 것이다. 비극을 보면서 배역된 인물들과 같이 슬픔과 기쁨을 함께 하고 나면 일상생활에서 온갖 잡된 생각으로 오염된 감정을 비극이 정화시켜 준다고 아리스토텔레스는 말했던 것이다. 비극의 효용성을 관객의 입장에서 설명한 것이지만 사실은 관객이나 독자보다 작품을 쓰는 작가에게 더

적용되는 말이다. 모든 작가는 글을 씀으로서 정화를 하는 셈이다. 반드시 이름 있는 작가에게만 해당하는 말은 아니다. 글을 쓰는 모든 사람에게 해당하는 말이다. 이것을 나는 자기 구제自己救濟의 문학이라고 말한 바 있다.

작가가 직업이 되고 나면 그것으로 돈을 벌기도 하고 명성을 얻기도 한다. 그렇게 되면 개인적인 '마음'이기보다 사회적인 '마음'을 대변하는 경우가 많다. 그러나 작가 개인의 '마음'을 떠나서 공동체의 '마음'은 존재할 수 없다. 그 자신의 '마음'을 통해서만이 공동체의 '마음'을 추측하기 때문이다. 사회 공동체의 마음이든 작가 개인의 마음이든 작가 개인에게는 그렇게 해서 자신을 정화해 갈 뿐이다. 자신의 정화 없이 그 자신의 글 쓰기는 불가능해진다는 사실을 우리는 알아야 한다.

인간은 한 곳에 머물러 있기를 싫어한다. 물리적으로도 그러하지만 정신적으로도 그러하다. 지구 바깥으로 나가보겠다고 끊임없이 실험하고 있는 우주선의 시도도 그 하나지만 산과 바다로 끊임없이 여행하면서 끝없는 탐험을 거듭하는 것도 그 때문이다. 인간의 문화란 것도 따지고 보면 변화의 시도라고 할 수 있다. 자연 그 상태를 벗어나는 것이 문화이기 때문이다. 동물들이 자연 그 상태를 고수하는 데 비하여 인간은 그 자연 상태를 벗어남으로써 인간만의 문화를 만들기 시작한 것이다. 그것은 새로운 지평에 대한 동경이다.

누구나 글을 쓸 수 있다. 사람은 말과 글을 가지고 있기 때문이다. 그러나 누구나 글을 쓰지 않는다. 글을 쓰는 사람과 쓰지 않는 사람의 마음은 하늘 땅 만큼의 차이가 있다. 새로운 지평에 대한 기대를 접은 사람과 접지 않는 사람의 차이이기 때문이다. 글을 쓰지 않는 사람은 새로운 기대의 지평을 열어보려고 노력도 않는 사람이다. 남의 글을 많이 읽고 그가 열어 보이는 지평을 함께 경험하는 일은 좋은 일이다. 그와 못지않게 내가 나의 글을 씀으로써 나의 지평을 열어보는 일은 더욱 소중한 일이다. 나의 글을 쓰지 못하는 사람은 남이 여는 지평도 절반밖에 보지 못하게 된다. 많이 읽고, 많이 생각하고, 많이 쓰라고 한 고전의 말씀은 그래서 오늘도 유효하다.

(이대 평생교육원 생활수필반 지도교수)

차 례

제 2 편

배 정 순

신 정 호

이 차 순

최 현 희

제 3 편

정 순 자

김 선 희

김 옥 춘

박 귀 숙

제 4 편

송 문 자

정 춘 희

조 애 형

제 1 편

황정희
강진희
김순희
이선화

황정희

꽈리

오메, 어쩌까

가을을 여기 담아 두었소

꽈리

막내 딸아이와 느긋하게 차를 마시는 것이 정말 오랜만이다. 중학교 선생인 딸애는 늘 바쁘다. 학교가 끝나면 친구들도 만나고, 해금도 배우러 다니고 또 교회 일도 한다. 이것저것 하는 일이 많다 보니 바쁘기도 하겠지 생각하면서도 가끔은 서운한 마음이 든다. 자식이 많아도 애들이 훌쩍 커버리면 엄마들은 외롭다.

오늘은 딸애가 다니는 학교 개교기념일이라 쉬는 날인데도 약속이 없는 모양이다. 나는 이때다 싶어 그 동안 하고 싶었던 얘기들을 쏟아놓았다. 한참 이런저런 얘기를 나누다 느닷없이 "엄마 저 꽈리 누가 걸어놨어요? 우리 마당에 꽈리나무가 있었나요?"

한다. 나는 순간 딸애가 꽈리를 안다는 것이 반갑고 신기하기도 했다. "어머, 너 꽈리를 알아?" "그럼요, 우리 어릴 적에 곧잘 꽈리를 만들어 불었는데요. 그런데 우리 반에서도 두 아이나 꽈리를 알더라고요. 신기하지요?" 한다. 딸애도 꽈리를 아는 아이가 있다는 게 신기했던 모양이다.

그런데 내가 어떻게 아이들이 어릴 적 꽈리를 만들어 불었던 걸 전혀 기억할 수 없을까. 기억력이 점점 약해지는 내 자신에게 조금은 당황하고 실망스럽다. 학교에서 어떻게 꽈리 얘기가 나왔냐고 물었더니 "수업시간에 허파를 가르치면서 '사람들이 흔히 폐포를 허파꽈리라고도 하지.' 라고 했더니, 아이들이 꽈리가 뭔지를 잘 모르더라고요." 한다. "너는 마당에 꽈리나무가 있는 것도 몰랐잖아." 딸애가 너무 무심한 것 같아 서운한 마음이 겹쳐 퉁명스럽게 말했다.

우리 집 마당에는 꽈리나무가 세 그루 있다. 몇 년 전 시골 언니 집에서 하나를 가져와 심었는데, 셋으로 늘었다. 해마다 꽈리가 열리긴 하는데 빨갛게 익기도 전에 떨어져 버려서 좀처럼 익은 꽈리를 보기 힘들다. 재작년인가, 마침 꽈리 두 개가 익어서 그대로 말라가는 걸 보고 남편이 따다 실에 꿰어 식당 벽시계 위에 걸어 둔 것이 아직도 걸려 있다. "지영아, 저거 작년에 지연이 아줌마가 탐내는데 내가 모른 척 했어." 했더니 "응, 엄마 마음 알아요." 친한 친구에게도 주지 않은 엄마 마음을 딸애는 벌써 읽고 있었다. 작년에 미국에서 오랜만에 깨복쟁이 지연이가 다니러 와서 우리 집에 묵었다. 벽에 걸어둔 조그만 게 얼른 눈에 띄지 않았던지 일주일이 지나서야 꽈리를 보고는 반색을 했다. "어머, 저거 꽈리네. 나도 참 좋아하는데……." 하면서도 달라는 말은 차마 못했다. 더 좋은 것도 주고 싶은 친군데도 그 꽈리만은 주고 싶지 않았다. "지연아, 내년에 씨를 받아서 보내 줄게. 저건 남편이 좋아해서 걸어 둔거야." 하고 말았다. 꽈리를 갖고 싶어하는 지연이 마음을 나는 안다. 내 마음도, 남편의 마음도, 지연이 마음도 같을 테니까. 꽈리가 떠오르게 하는 고향과 어린 시절의 추억들을 누군들 간직하고 싶지 않으랴.

친정집에도 꽈리나무가 있었다. 뒤꼍으로 돌아가다 보면 마당 한 구석 조그만 화단에 꽈리나무, 도라지, 맨드라미, 봉선화, 금송화, 채송화, 주로 작은 꽃나무들만 모아서 심어져 있었다.

꽈리가 열리면 이웃에 사는 소꼽친구 명자랑 꽈리를 만들어 불었다. 명자는 맏딸이라 밑으로 건사할 동생이 일곱이었다. 일찍부터 어머니를 도와선지 일도 잘하고 야무진 아이였다. 바느질도 곧잘 해서 가정시간 바느질 숙제는 늘 그 애 도움을 받아서 완성하곤 했다. 나는 막내라 그런지 모든 것이 서툴렀다. 꽈리를 만들 때는 주둥이가 찢어지지 않게 조심스럽게 아주 조금씩 속을 다 파내야 하는데 번번이 실패를 했다. 그럴 때마다 명자는 내게 또 틀렸냐고 핀잔을 주면서도 슬그머니 자기 것을 내밀었다. 속이 텅 빈 꽈리 주둥이를 아래 입술로 살짝 막고 윗니로 가만히 누르면 꽈리 안에 들어 있던 공기가 빠져나가면서 소리를 낸다. 소리가 잘 나오게 하려면 주둥이가 조금도 찢어진 데가 없이 만드는 것이 관건이다. 잘 익은 것을 골라 꼭지를 딸 때 찢어진데 없이 속이 약간 딸려나오면 반쯤 성공한 셈이다. 때로는 친구들과 누가 빨리 잘 만드나, 누가 제일 잘 부나 시합을 하기도 했다.

혼자 집에 있을 때 어쩌다 꽈리로 눈길이 가면 어릴 적 친정집이 환히 보인다. 학교에서 돌아오면 툇마루에 앉아 계시다 나를 보고 가만히 웃으시던 아버지, "이제 오냐"며 반기시던 어머니가 보인다. 백산이—털이 하얗다고 붙여진 우리 집 개 이름—가 꼬리를 흔들며 내게로 달려오는 모습이 보이고, 봉숭아 꽃잎을 따서 백반을 넣고 찧어 열손가락에 매주던 쌀례—시골 친척집 아이—도 보인다. 우아하게 서 있던, 내가 좋아하는 목단나무, 꿀맛 같던 무화과, 단감나무, 키가 커서 장대 끝을 쪼개고 거기 나뭇가지를 끼워 감을 따야만 했던 떨감나무, 장독대 옆에 서 있던 배나무도 보인다. 친구들과 재잘대며 부는 꽈리소리가 들린다. 친구들 웃음소리도 들린다.

오메, 어쩌까

방배동에 사는 준규씨는 개인회사 사장직에서 물러난 지 몇 달이 채 되지 않았고, 역촌동에 사는 민기씨는 은행을 그만둔 지 일 년쯤 되었다. 개포동에 사는 규태씨는 작년에 공직에서 정년퇴임을 했다. 셋 다 남편의 고등학교 친구들이다. 이네 부부가 태국으로 떠나는 날은 십이월 말인데도 그다지 춥지 않았고 기분 좋을 만큼 상쾌한 날씨였다. 십이월 말에서 일월 초까지 열흘 일정이었다. 요즈음 인천공항이 너무 붐벼서 김포공항에서 수속을 하고 인천공항으로 이동하기로 했다. 김포공항 신청사 대합실에서 아직 오지 않는 민기씨 부부를 기다리며 세 부부만 먼저 출국 수속을 하고 있는 중이었다.

"오메, 어쩌까."

옆에 앉아 있던 준규씨 부인이 화들짝 놀라며 일어섰다. 탑승 수속을 하던 여행사 직원이 준규씨 부부 여권이 유효기간이 지난 옛날 여권이라는 것이다. 아직 두 시간 이상 시간이 있으니 집에 바로 전화해서 새 여권을 가져오라면 되지 않겠느냐는 내 조언은 아무 소용이 없었다. 집이 빈집이라는 것이다.

결국은 준규씨가 직접 갈 수밖에 없었다. 방배동 집까지 다녀오자면 시간이 없으니 여권을 가지고 곧바로 인천공항으로 오기로 하였다. 준규씨가 시간 내에 도착해야 될 텐데……. 모두들 걱정을 하고 있는데 아직도 민기씨네가 보이지 않았다.

적어도 한 시간 반 전에는 리무진을 타야한다며 여행사 직원은 조바심하였다. 전화를 하던 준규씨 부인의 입에서 또 한번 터져 나오는

"오메, 어쩌까."

"민기씨 부부가 인천공항 톨게이트에서 돌아오고 있다네요."

민기씨네가 인천공항에 다 와서야 약속장소가 김포공항이었던 것이 생각이 났다고 한다. 헐레벌떡 도착한 민기씨가 내뱉는 불평소리, "아 맘은 급해 죽겄는디 웬 놈의 택시운전수는 그렇게도 제한속도를 잘 지키는지 원." 아슬아슬하게 수속을 마치고 인천공항으로 가기 위해 버스를 탔다. "사람들이 외국여행을 하려면 미리미리 확인도 하고, 잘 좀 챙겨야지." 훈계조로 불평을 하는

데, 내가 들고 있었던 핸드캐리가 보이지 않는다. 아무래도 대합실에 두고 온 모양이다.

"오메, 어쩌까."

남편이 중간 정류장에서 서둘러 버스를 내리는 걸 보고 준규씨 부인이 하는 말이다. 다행이 남편이 짐을 찾아 다음 버스로 돌아왔고 준규씨도 도착하여 우여곡절 끝에 함께 비행기에 탑승을 하고서야 안도의 숨을 쉬었다. "이번 여행은 처음부터 왜 이렇게 정신이 없나……" 모두들 여행을 많이 했지만 이런 일은 처음이라고 이구동성이다. 이제는 "오메, 어쩌까" 소리는 그만 들어야 할 텐데……. 비행기는 밤 12시가 넘어서야 태국에 도착했다.

다른 사람들은 다 짐을 찾아서 기다리고 있는데 남편 옷가방 하나가 나오지 않았다. 임자 없는 가방 하나만이 계속 돌아다니고 있었지만 남편 가방은 끝내 나오지 않았다.

"오메, 어쩌까."

어느새 준규씨 부인이 다가와 걱정을 했다. 날이 바뀌었는데도 끝나지 않는 '오메, 어쩌까' 다. 겨우 서투른 영어나마 통하는 직원을 만나서 확인했더니 그 짐을 서울에서 싣지를 못해 다음 비행기로 올 것이니 내일 우리가 묵을 호텔로 배달해 주겠다고 했다.

버스로 두 시간 정도 달려서야 카오야이라는 곳에 도착했고, 정작 그 짐은 이틀 후에야 도착했다. 덥다는 아열대 지방에서 남편은 속절없이 서울에서 입고 간 겨울옷으로 지내야만 했다. 마침 그때가 태국 날씨로는 가장 시원한 때이고 그곳이 고원지대라 아침저녁으로 우리나라 가을 날씨처럼 선선했던 것은 그나마 다행이었다.

아침나절 푸른 초원에서의 운동, 한낮의 휴식, 밥걱정, 살림걱정 없이 하루 세끼 상추쌈에 맛있는 한식 뷔페, 저녁에 남편들이 술 한 잔 하는 동안 여자들끼리 남편 흉도 보며 조잘거리고, '오메, 어쩌까' 가슴 철렁 내려앉던 실수들도 까마득히 잊어버린 채 즐거운 나날을 보냈다.

꿈만 같던 열흘이 어느새 훌쩍 지나가 버리고 드디어 서울로 가기 위해 방콕 공항에 도착했다. 그런데 끝난 줄 알았는데 다시 살아나는

"오메, 어쩌까."

탑승 수속을 하려는데 민기씨 부인 비행기표가 없다고 한다. 아무리 찾아봐도 없었다. 공항 내 경찰 사무실로 가서 도난 신고를 하고 벌금 30달러를 내고서야 표를 다시 받을 수 있었다. 걱정은 되면서도, 놀라서 눈이 더 커진 민기씨 부인이 경찰을 따라가는 모습에 왜 그렇게 웃음이 나오던지…….

모두 한두번씩 실수와 사고를 당하는데 유독 규태씨네만 아무 일이 일어나지 않았다. 비행기 속에서 서울 가면 한턱 쏘라고 다들 입을 모았다. 그 부부만 아무 일이 없었다는 게 못내 억울하다는 표정들이다. 그러나 아직 여행은 끝나지 않았다.

인천공항에 도착하여 입국 절차를 마치고 해단식을 하려는데 규태씨 부부만 보이지 않았다.

"오메, 어쩌까."

"규태씨 부부가 아까 짐 검사 받는 데서 세관 사무실인가 하던 데로 들어가던디, 왜 이리 안 나오지요." 준규씨 부인의 말이다. 드디어 규태씨네도 올 것이 오고야 만 것일까. 무려 반시간도 더 지나서야 나오는데 규태씨 얼굴이 벌겋게 달아올라 있고 부인은 떨떠름한 표정으로 뒤따라 나왔다. 다들 호기심에 가득한 표정으로 그쪽으로 우루루 몰려가, 웬일이냐고 물었더니, 나오는데 가방을 좀 보자고 하더란다. 무작위로 하는 세관검사에 본보기로 걸려든 것이다. 두 사람 가방을 홀랑 다 풀어헤쳐서 샅샅이 뒤지고서야 보냈단다. "자식들, 잡을 사람을 잡아야지. 짐도 다 엉망으로 만들어 놓고…… 그거 챙겨 담느라고 한참 걸렸어." 규태씨는 아직 분이 풀리지 않아 씩씩거렸다. 그 순간 우리 모두는 박장대소를 하고 말았다. 남자들이 장난스런 표정으로 "결국 걸렸군. 너라고 어찌 무사하것냐. 암, 의리가 있어야지." 하고 놀려들 댔다. 그때서야 규태씨도 멋적게 웃고 말았다.

드디어 해단식. 이번 여행은 정말 유쾌했었다고 인사들을 나누고, 다음에는 이번 같은 실수하지 말고 그놈의 '오메, 어쩌까' 소리도 안 나오게 하자고 다짐을 하면서 돌아서는데 준규씨 부인의 목소리가 들려왔다.

“오매 어쩌까. 서운해서…… 내년에 또 한번 갑시다 잉”. 우리 모두는 또 한번 크게 웃었다.

가을을 여기 담아 두었소

어느 날 외출에서 돌아온 내게 먼저 집에 와 있던 남편이 "여보, 나 일 저질렀소" 했다. 나는 순간 가슴이 덜컥 내려앉았다. 그러나 막상 남편의 얼굴에는 걱정이 없어 보였다. 무슨 일인가 궁금해 하며 남편의 시선을 따라 보던 나는 속으로 '일을 저질렀군' 하며 웃음이 나왔다. 며칠 전부터 보이지 않던 딸애의 그림이 다시 걸려 있었다. 지난 봄 둘째가 일본에서 전시회를 갖는다 해서 갔다가 그림 두 점을 가져왔다. 집수리도 했으니 산뜻하게 분위기를 한번 바꿔 보라면서 준 것이다. 거실 벽 앞면에 남편이 좋아해서 걸어둔 동양화에 싫증이 나 있던 나는 딸애 그림 두 점을 벽 앞면에 나란히 바꿔 걸었다. 그러나 그림을 걸어둔 날부터 남편은 불평을 시작했다. "저게 무슨 그림인가, 도무지 무슨 뜻인지 알 수가 있어야지." 하며 틈만 나면 투덜거렸다. 실은 나도 그 그림이 썩 마음에 든 것은 아니었다.

딸아이는 항상 '흔적' 이라는 제목으로 작품을 한다. 그래선지 그 그림도 붓 간 흔적만 있다. 하나는 하얀 바탕색 위에 붓자국, 또 하나엔 하늘색 바탕에 붓자국만 있을 뿐이다.

그런데 남편은 그 그림들을 떼어다가 그 위에 단풍잎으로 그림을 그렸다. 언제 모아 말렸는지 하얀 바탕 액자에는 집 마당 감나무에 올렸던 담쟁이잎들로, 또 하나엔 단풍잎, 은행잎, 느티나무, 벚꽃나무 등, 갖가지 나뭇잎들로 작품을 훌륭하게 만들어 놓았다. '딸애가 보면 싫어할 텐데…….' 하면서도 남편의 의도를 알아챈 나는 남편이 만들어 넣은 그림이 훨씬 좋아 보인다.

올해는 비가 너무 자주 내려 단풍이 곱지 않을 거라는 예상과는 달리 그 곱고 찬란한 색채로 우리를 매혹 시켰다. 단풍이 이렇게 곱기는 십이 년 만이라 했다.

조물주가 아니고서야 어느 화가인들 대지라는 커다란 캔버스에 저토록 아름다운 그림을 그려낼 수 있을까? 산과 들, 강가에도, 거리에도, 동네마다 그리고 내가 사는 아파트에도 가을은 고운 옷으로 갈아입고 한껏 뽐내고 있었다. 때로는 '아름답다' '예쁘다' 라는 말보다 더 좋은 표현이 있을 것 같아 아무리 애써 봐도 '딱' 어울리는 말이 생각나지 않아 안타까웠다. 그러고 보니 이렇게 느긋하게 가을을 보낸 것도 실로 오랜만이다. 문득 몇 년 전 교회 사람들과 시골에 다녀오는 길에 내장사로 단풍구경 갔던 일이 생각난다. 평일인데도 사람이 너무 많아 한참을 기다려서야 차례가 되어 순환 버스를 타고 내장사 입구에 도착한 우리는 실망이 컸다. 그 해 너무 가물어선지 단풍이 곱지도 않았고 잎도 말라 있었다. 이걸 보자고 그렇게 오래 기다렸나 싶어 다시는 단풍구경을 가지 않았다.

그러나 올 가을은 내내 내 가슴을 설레게 했다. 단풍이 한창일 때 미국으로 이민 간, 친구 둘이 십 몇 년 만에 우리를 만나러 왔다. 집안 살림은 제쳐두고 우리 친한 친구들은 매일 인사동으로, 경복궁으로, 한강변으로, 그 친구들이 살았던 동네로, 무주로, 산정호수로, 그리고 고향에까지 다녀왔다. 거의 한 달을 함께 보내고 단풍이 지기 시작할 무렵 미국으로 돌아갔다. 새삼스럽게 우리나라 가을이 이토록 아름다웠냐며 떠나기 전 예쁜 단풍잎을 모아 책갈피에 끼워 뒀다 가져갔다.

친구들을 보내고 나는 전에는 하지 않던 짓을 하고 있다. 이곳저곳 상가생활의 한 귀퉁이였던 곳을 다녀본다. 슈퍼에도 가보고, 상점들도 기웃거려 본다. 걷기를 싫어해서 늘 차로 갔던 곳을 걸어서 간다. 어제는 아파트 옆 안양천변을 따라 저녁 길을 걷기도 했다. 친구들과 함께 보낸 올 가을을 생각하며, 그 곱던 단풍을 떠올리며 하릴없이 다녀본다. 낙엽을 밟으며, 낙엽의 소리를 들으면서 걷는다. 시인 김소월은 "실버들을 천만사 늘여 놓고도 가는 봄을 잡지도 못한단 말인가" 했다. 난들 무슨 수로 가는 가을을 붙잡겠는가.

여보!

당신이 가을을 보내기 싫어하는 것 같아서 "여기 가을을 담아 두었소." 하며 남편은 멋적은 웃음을 웃는다. 남편은 액자 두 개에 가을을 담아 두고 있다.

이제 겨울이 멀지 않은데 우리 집 거실에는 아직도 가을이 한창이다.

강진희

바구니 속의 행복

승무

비무장지대를 돌아보며

바구니 속의 행복

한 시간 넘게 고속도로를 달려갔어요. 친구들과 함께 어울려 길을 떠나서인지 먼 길이었지만, 아쉬울 만큼 짧게 느껴졌어요. 함박웃음 담아내며 녹음이 우거진 5월의 봄날은 상쾌함 그 자체였어요.

온 산등성이마다 밤나무 숲이 우거진 농장에는 짙은 풀 향기가 넘쳐 대자연의 신비로움에 우리들의 마음을 흐뭇하게 하였어요. 마치 본능 속에 잠재한 기억들이 하나하나 살아나는 소녀시절의 꿈같았어요. 아스라이 사라져간 고향의 봄을 연상했지요. 도시의 찌든 매연과 길만 나서면 소음 공해 속에서 해방된 것 같은 자유로움에 더욱 홀가분한 기분이었는지도 모르겠어요. 도시를 탈출

한다는 그 자체는 풍요로운 자연을 향한 기대일 수도 있겠지요.

"와! 너무 좋다."

"풀 향기가 신선하게 느껴져요."

우리는 미소 띤 얼굴로 마주보고 마냥 즐거워했어요. 서울에서 멀지 않은 곳에 농장을 소유하고 계신 분의 배려로 몇몇 학우들과 집을 나서 소풍가듯이 떠나왔답니다. 조용한 시골의 맑은 공기는 모두에게 즐거운 꿈을 맛보는 순간들이었어요. 소박한 농촌 풍경에 푹 빠져들 것 같았어요. 아주 신선하고도 상쾌한 공기를 마시며 도착하자마자 쉴 사이도 없이 드넓은 밭이랑 사이를 한달음에 지나 한가로운 뚝 길을 줄 서듯이 따라나섰어요. 농부들처럼 햇볕에 얼굴이 까맣게 그을까 조심스러워 모자를 쓰고 장갑도 끼고 우리 일행은 완전 무장을 했거든요.

올해는 자주 봄비가 와서인지 유난히도 짙은 초록의 잎새들은 윤기가 햇빛에 반사되어 시야에 흐르듯 나풀거렸어요. 금방이라도 초록물이 손끝에 묻어날 것 같은 진한 녹색으로 소복하게 밭고랑 언덕마다 풍성했어요. 짙은 향을 가득히 품으며 참쑥이 자라나고 있었어요. 아주 오랫동안 경험해 보지 못한 자연 속에 새로운 기분이었어요. 인적이 없는 한가로움에 모든 것 잊은 듯 그 분위기에 빠져들었어요.

봉긋이 고랑을 돋우고 길고 긴 밭고랑 넓은 밭에는 보라색 줄기 따라 고구마 순이 서너 잎새쯤 자라 얼굴을 내밀고 있었어요.

비닐로 덮은 사이로 앙증스럽게 뾰쪽뾰쪽 올라와 따뜻한 햇살을 향해 봄을 즐기는 듯했어요. 밭이랑을 덮은 비닐은 풀이 자라지 못하도록 막기 위한 농부들의 새로운 아이디어랍니다. 물을 주지 않아도 자연과 더불어 끈질긴 생명력 앞에 흙의 순수함이 느껴집니다. 넓은 밭고랑 사이를 지나 둑에는 마치 씨 뿌려 심은 듯 풀은 없고 참쑥뿐이었어요. 우리는 탄성을 올렸지요. 너무도 신기해서 좋아했어요.

깨끗이 씻어 믹서기에 갈아 메밀가루와 섞어 부치면 아주 향긋한 쑥의 특유한 맛과 향을 즐길 수 있다고 설명해 주셨지요. 그분은 참 친절하고도 알뜰한 살림꾼이었어요. 작은 휴식공간이지만 고개만 들면 창문 너머 노랑 아기풀꽃이 바람에 손짓하듯 웃고 있는 너무나 평화로운 분위기였답니다.

우리의 식탁을 위협하는 각종 농산물이며 농약의 오염으로 인해 불안한 요즈음, 늘 마음이 불편했거든요. 정말 그 맛은 일품이었어요. 순수한 무공해이며 무농약인 쑥이어서 안심하고 먹을 수 있어서인지 쌉쌀한 쑥 특유의 맛은 혀끝에 착착 감기는 듯했어요.

쑥은 우리에게 아주 유익한 한방 약제이기도 한 것 같아요. 복통을 멎게도 하고 쑥전, 쑥단자, 애탕艾湯국은 좋은 식품이기도 하답니다. 삼월에 돋아난 연한 쑥으로 봄에 자칫 입맛을 잃기 쉬운 계절에는 쑥을 데쳐 고기와 다져 완자를 빚어 계란 씌워 탕을 끓이면 맑은 장국이 되지요. 입맛을 돋우는 건위강장의 건강식이라고도 한답니다. 그래서 장수식품으로도 환영받는 것 같았어요.

간간이 들려오는 뻐꾸기의 울음소리는 추억 속의 여운처럼 아득하게 울려 왔어요. 잠자듯 고요한 나의 마음을 설레게도 하였답니다. 아주 잊었던 본능 속에 자라고 있는 고향에 대한 추억은 누구나 아름다운 기억 속에 되살아나기에 삶은 즐겁고 그리운 것이 아닐까요. 옛 고향 마을을 생각하며 어린 소녀시절로 되돌아간 듯했습니다. 가끔씩 밤나무 숲에서 날아가는 장끼에 울음소리가 들리는 것을 보면 이곳은 아주 멀고 깊은 산골처럼 생각이 들었어요. 열심히 쑥을 뜯어 바구니 속에 담고 들여다보고 또 들여다보고, 가득히 차오르는 향기를 느껴 보았어요. 바구니 속의 풍성함에 마음이 그렇게 흐뭇할 수가 없었어요. 시간을 잊은 듯이 해가 넘어가는 줄도 모르고 손톱 밑이 까맣게 물들어도 아랑곳하지 않았어요. 점점 넘치도록 쌓여가는 넉넉함에 빠져 쑥을 뜯는 것만 열심이었어요. 시간과 노력에 비해 효과가 빠르고 크기에 집으로 돌아가야 하겠다는 마음은 뒷전이었어요. 그 풍요로움에 취해 마음은 마냥 행복해짐을 알았습니다. 인간의 욕심은 이토록 소박한 것에도 미소처럼 느껴지는 행복을 뜯으며 아주 욕심내도 마냥 즐거운 날이었습니다. 모두 모두 바구니가 넘치도록 담고 현재가 즐겁고 흐뭇해 스스로의 행복에 빠져들고 있었어요. 마음껏 뜯어 담았어요. 다른 사람들에게 나누어 줄 수 있을 만큼 너무나 푸짐했어요. 많이 뜰을수록 여러 사람에게 베푼다는 것의 의미도 또한 즐거운 일이 아닐까요? 우리의 순수한 정서 속에 한국인만이 느끼는 서로 사이좋게 작은 것도 나누는 풍습은 어느 나라에도 없을 것 같아요. 아주 아름다운 우리만의 따뜻함일 것 같습니다.

승무

어스름 땅거미가 내리는 저녁 무렵이었다. 그곳은 수십 개의 밝은 전등으로 주위를 환하게 밝히고 있었다. 석조 건물로 말끔하게 단장한 분위기는 우리나라 최고 예술의 전당이라 일컬을 만큼 우거진 숲 속에 궁전이었다. 웅장한 모습에 쉽게 다가갈 수 없는 위압감도 느껴졌다. 하지만 예술인들의 친숙한 발표회 장소인 듯 다양한 프로그램들이 여기저기 선을 보이고 있었다. 친구와 함께 국립 국악원 우면당으로 향했다. 대리석으로 된 단아한 모습의 건물이다. 깔끔하게 정돈된 그곳을 4월의 정원은 철쭉꽃으로 화려하게 수놓고 건물들과 어우러져 분위기따라 조화를 이루고 있었다.

나는 고전 무용을 배우는 친구의 초대로 그를 지도하는 스승님의 무용 발표회에 구경을 갔었다. 한국 전통무용을 무대에서 직접 볼 수 있는 기회는 별로 없었다. 다만 텔레비전에서나 우리 가락을 볼 수 있을까. 우리가 자주 접할 수 있는 문화는 아니기 때문이다. 공연 시간은 아직 30분이나 남아 있는데 대기실에는 관심 있는 많은 사람들이 삼삼오오로 모여 앉아 담소도 하고 차도 마시며 서성거리고 있었다.

친구는 오늘 공연하는 주인공의 제자라고 했다. 사람들은 꽃다발도 준비하고 분위기가 한껏 들떠 있는 것 같았다. 나는 조용히 친구와 함께 입장 시간을 기다리고 있었다. 나를 초대해준 친구는 몹시 조심스러웠다고 했다. 혹시 나의 취향이 아니어서 거절하면 어쩌나 하고 말이다. 하지만 나는 전문적인 지식은 없지만 발레도 음악회도 모두 좋아한다. 다만 현대 무용이라면 이해하기 어려운 부분이 마음에 걸리긴 하지만, 예술 쪽은 거부감 없이 즐겨하는 편이다.

공연을 기다리는 관객들은 조명이 꺼지자 잠시 적막감이 흘렀다. 드디어 침묵을 깨뜨리는 징 소리와 함께 두텁고 묵직하게 보이는 막이 오르면서 무대는 흠뻑 우리의 전통 가락으로 공연장 가득히 울려 퍼졌다. 어두운 조명 아래 피어오른 안개는 환상적인 분위기를 자아냈다.

아주 오래간만에 보는 전통 춤이었다. 우리 가락과 함께 의상에서부터 원색의 조명과 전통을 상징하려는 듯이 무대마저도 색다르게 장식하고 있었다. 텔레비전으로 보는 것과는 사뭇 다르게 생동감이 흘러 넘쳤다. 무지개빛의 오색영롱한 의상이 나를 마치 깊은 꿈속으로 인도하는 느낌이다.

대금의 긴 가락이 정적을 깨트리고 엷은 조명으로 인해 신비에 쌓여 선녀가 내려온 듯, 승무를 추는 그 몸동작은 꿈을 꾸듯 아련하기만 하다. 나긋나긋한 움직임마다 허공을 향하는 손끝 하나에도 예술로 승화된 우아한 아름다움이었다. 고깔모자 내려쓰고 진홍색 가사를 걸친 어깨띠, 새하얀 장삼날개의 비취색 스란치마, 사뿐사뿐 떼어놓는 감출 듯 보이는 버선발은 어느 유명 화가의 그림에서나 볼 수 있는 곱디고운 선이다. 뿌리는 손끝에 혼이 실린 듯, 한恨 맺힌 모습으로 장삼 끝에 휘날리는 여운이 섧기만 하다. 여인의 고뇌를 뿌리치듯, 휘감기는 번뇌도 풀어버리듯 흐느끼는 듯한 몸짓이다. 속세를 떠나 사바세계의 촛불을 태우는 눈물의 흐름일까?

춤을 추는 주인공은 우리나라의 무형 문화재인 이매방 교수님의 제자이다. 중요 무형 문화재 27호이며, 승무 제 97호 살풀이춤의 예능 보유자를 스승으로 모신 전통무용의 명인이었다. 영혼 속에 한恨과 우리 민족만이 느낄 수 있는 맥脈이며, 우리만이 소유할 수 있는 아름다운 문화의 소중함이 그대로 담겨 있었다. 전통 속에 살아 숨 쉬는 춤의 진수가 아닐까? 고결하며 격조 높은 저렇듯 아름다운 춤사위는 춤에 대한 애착과 열정으로 다듬어진 우아함이었다. 얼마나 기나긴 시간을 온갖 정성으로 청춘을 투자한 노력의 결실이었을까?

열여덟 홍안에 찾아왔던 제자는 반백의 초로初老에 접어들어 첫 개인 무대를 갖는다고 하였다. 그의 스승은 축하와 함께 인사말을 적고 있었다. 아무나 쉽게 흉내낼 수 없는 전통 무용은 땀과 노력 후에 쌓여진 예술의 극치라 할 수 있을 것 같다. 요즈음 젊은 사람들의 힙합 춤이며 무대가 들썩이는 듯 추는 요란스러운 현대 무용과는 비교도 되지 않는 민족의 얼이 담긴 진정 한국인만의 춤이 아닌가.

매무새 고운 동작 하나하나에도 그의 숨결이 깃들어 표현하고자 하는 몸놀림에서 마음씨가 보이는 듯 곱기만 하다. 으쓱이는 어깨의 매끄러운 선은 장단에 맞추어 신명을 엿보이게도 한다. 마음이 고와야 춤도 곱다고 그의 스승님은 가르치셨단다. 우리의 한복은 고유의 멋스러움으로 인해 더욱 춤과 잘 어울리는 것 같다. 허공을 나르는 듯이 추는 고운 모습이다.

30여 년 세월 속에 다듬어진 그의 꿈이 고스란히 담겨 있는 춤이었고 삶의 표현이었다. 춤사위를 보면서 관객을 사로잡는 품격이 느껴졌다. 많은 세월 속에 외길로 달려온 집념의 결정체이기도 한 춤이었다.

나는 언뜻 너무도 유명한 조지훈 시인의 「승무」를 입속으로 외어본다.

얇은 사 하이얀 고깔은 고이접어 나빌레라

글로는 표현할 수 없는 아름다움, 한恨이 서려있는 듯한 그 긴 가락은 흐느낌으로 가슴을 적시고 고깔모자 깊이 쓴 미간에 고뇌하는 여인상이 슬프게 다가온다. 불교의 108번뇌를 표현하는 참선하는 스님을 생각한 때문일까?

마치 신들린 듯 법고法鼓를 두드리는 놀라운 손길은 가슴에 서려있는 한을 기쁨으로 승화시켜 감동을 이루어간다. 많은 관중의 혼을 빼앗아 가는 듯하다. 긴 박수가 공연장 안에 가득히 퍼진다.

인간의 번뇌는 살아 있는 생명과 함께 더불어 사는 삶이듯이 온 몸으로 풀어 여한 없이 허공에 메아리로 온다. 오랜 세월동안 춤에 대한 열정으로 다듬은 춤꾼으로서의 정성이 놀랍다. 무대에서 관객들에게 진한 감동을 안겨주고 아주 오래오래 관중들에게 기억되고 싶은 예술에 대한 야망은 그를 지켜온 버팀목은 아니었을까. 가족들의 반대에도 오로지 꿈을 향한 강한 집념으로 인해 오늘의 자랑스러운 명예를 찾은 소중한 보람이었으리라.

"인생은 짧고 예술은 길다"는 명언이 새삼스럽게 내게 다가온다. 세월은 변해도 예술로 승화한 인간의 꿈은 영원하다. 그렇지만 전통의 춤꾼들은 현저하게 줄고 있는 실정이다. 한국 전통 춤의 맥을 이어가는 이들의 집념이 없다면 이 아름다운 춤은 이 땅에서 영원히 사라져 버릴지 모른다. 그런 의미에서 내가 오늘 저녁 이 귀한 공연을 볼 수 있었던 것은 참으로 다행한 일이다. 다시 한번 나를 초대해 준 친구에게, 그리고 귀한 춤을 보여준 그 스승에게, 그 스승을 가르친 스승에게 깊은 감사를 보낸다.

비무장지대를 돌아보며

아침 일찍부터 분주했다. 부부동반 해서 철원으로 나들이를 간다고 재촉하는 그이의 음성을 귓전으로 들으며 난 왠지 마음이 썩 내키지 않았다. 좀 더 좋은 곳도 많은데 하필이면 전방 땅굴을 보러 가자는 것일까? 함께 가는 일행들은 6·25 전쟁으로 인해 고향을 떠난 사람들끼리의 모임이었다.

이른 봄이라서인지 아직은 앙상한 나뭇가지에 꽃봉오리를 터트리고 움츠리듯 얼굴을 내밀고 있다. 서울에서 두 시간 남짓 달려갔다. 멀지 않은 거리지만 벚꽃이 만발한 서울의 기온과는 사뭇 차이가 나는 것 같았다

산자락에는 잔설이 남아 겨울이 머뭇거림을 알리고 있었다. 갈

대숲 우거진 넓은 강가에는 메마른 잎들이 긴 겨울잠에서 깨어나지 않아 분위기는 쓸쓸한 느낌을 주었다. 철새들의 먹이가 풍부해 추위가 다가오면 둥지를 틀고 겨울을 난다는 철원평야의 장관이라던 재두루미, 청둥오리 떼는 벌써 북풍을 따라 멀리 시베리아로 떠나갔는가 보다. 절기를 잘못 택한 것인가? 그나마 기대했던 볼거리도 별로 없었다.

철 이른 논에는 비닐하우스 속에서 싹을 틔운 모자리가 햇빛에 초록빛으로 나풀댄다. 식물들은 추운 날씨에도 어떻게 계절을 찾아 싹트고 꽃 피우는지 자연의 신비로움이 느껴진다. 이곳 철원에는 남쪽보다 봄은 늦게 오지만 가을이 빨리 오기 때문에 농사를 일찍 시작하는 것이란다. 순박한 농부들은 계절을 몸으로 부딪치며 사계절 변화의 지혜를 터득하며 살아가는 것일까?

회원들은 모두 비무장지대에서 고향 산야라도 바라보고 싶은 염원 때문이었을까, 통일전망대에 도착하자마자 500원짜리 동전을 망원경에 넣고 혹시나 정든 마을의 모습이라도 볼 수 있을까 하고 열심히 찾아보기에 분주하다.

철원평야의 젖줄이라는 드넓은 호수에는 여러 가지 물고기들이 많아 고기 반 물 반이라고 버스 기사는 우스갯소리를 섞어가며 지루함을 달래준다. 훼손되지 않은 자연 생태계가 고스란히 보존되어 전설처럼 이어지는 곡창지대인 곳. 누가 이토록 평화로운 마을에 포화의 잔혹함이 불을 뿜었다고 생각할 수 있을까. 사람이 많이 살고 있지 않은 비무장지대에는 정적만이 흐른다. 키보다 높게 자란 숲이 우거진 인적이 끊어진 빈 마을처럼 조용하기만 하다. 멀리 지평선으로 이어지는 평야는 끝이 보이지 않고 벼를 베어낸 자리에는 기하학의 도면처럼 갈색 병정인 듯이 넓은 들판에 도열해 있다.

일주일 동안에 백마고지의 주인이 바뀌는 22번의 후퇴와 전진을 반복하면서 치열했다던 전쟁터의 비극이 지금은 무심한 갈대숲에 스산하게 남아 있다. 백마고지, 철원평야, 그곳은 6 · 25 전에는 북한 땅이었다. 북한의 김일성은 격전 당시 철원평야를 아군에게 빼앗기고 분하고 억울한 마음에 일주일씩이나 식음을 전폐할 정도로 이곳은 곡창지대라고 운전기사는 목청을 높여 설명한다.

이곳은 비무장지대다. 땅 위로 가지 못하는 고향 땅을 눈으로라도 가보고 싶은 심정들이었을까? 벌써 몇 번째 임진각, 판문점, 도라산 역, 통일 전망대 등을 여러 차례 다녀왔다. 피난 일세대인 그들, 뿌리 내린 고향땅을 모두 버리고 부모님과도 이별하고 떠나온 사람들도 많았다. 진한 아픔을 달래기라도 하듯이 그들은 고향 땅을 바라볼 때는 모두 숙연해진다. 오랜 세월이 흘러갔어도 가슴에 앙금처럼 남아 지워지지 않는 한恨을 삶 속에 묻어 두고 있는 것은 아닐까.

다른 모임들도 모두 합쳐서 버스 여섯 대의 인원은 한 이백여

명 정도는 될까? 고향 가는 기분으로 우리 일행은 38도 경계인 휴게소를 넘어 북쪽으로 좁다란 들길을 지났다. 한 시간 정도 계속 달려갔다. 버스 안에는 기사를 빼고는 모두 할아버지 할머니들이다. 20대의 젊은 나이에 사선을 넘어 탈출해온 분들이다. 6 · 25 전쟁의 참담했던 기억이 악몽처럼 살아나는 듯했다. 차창 밖으로 눈을 돌리며 모두 침묵 속에서 그 때의 기억을 회상하고 있는 듯이 보였다.

전쟁의 쓰라린 기억들이 50년의 세월이 흘렀건만 키만큼 자란 가시덤불 속에서 그 흔적을 보여주고 있다. 허물어진 참호가 군데군데 보인다. 전쟁의 증인이라도 되는 듯이 폐가가 된 인민군의 노동당사는 당시의 격전을 말해주고 있다. 그저 앙상한 뼈대만 흉물스럽게 숲 속에 우뚝 서 있다.

출입을 금하는 줄을 치고 빨간색 역삼각형 '지뢰밭' 표시와 함께 마른 풀잎 사이로 봄을 알리는 연분홍 진달래가 여인의 미소처럼 화사하게 웃고 있다. 꽃은 평화의 사절인 양 앙증스럽기만 하다. 유명한 시인 소월의 「진달래꽃」이란 시가 생각난다.

영변의 약산 진달래꽃/ 아름 따다 가실 길에/ 뿌리 우리다

영변의 약산 진달래꽃은 봄이면 몇 번이나 화려한 색깔의 옷을 갈아입었을까. 지뢰밭이라고 쓴 표지판으로 인한 공포감과, 코끝

에 향기가 피어오를 것 같은 아름다운 꽃과 묘한 긴장감으로 대조를 이룬다. 지뢰라고 쓴 표지판은 위험을 알리는 경고 때문에 빨간색으로 걸려 있는 것일까? 역삼각형의 형틀에 묶여 통일이 되는 그날을 기다리며 봄이 와도 헤아릴 수 없는 많은 세월을 봄을 잃고 살아야 하는가? 언제까지 거기 그렇게 목이 매여 달려 있어야 할까?

전투복 차림에 철모를 쓰고 경비를 담당하고 있는 군인들이 딱딱한 표정으로 거수경례를 하면서 우리 일행을 맞았다. 여기는 최전방 비무장지대다. 까다로운 절차로 인해 민간인들의 출입이 쉽게 허용되지 않는다. 일행은 모두 경로우대를 받는 노인들이어서 미리 부탁한 덕택에 들어갈 수 있었다. 50년 전에는 모두들 혈기 왕성한 젊은 청년들이었지만 세월의 흐름을 거부하지는 못한 듯 이마엔 깊게 파인 주름살, 모두들 백발이 성성하다. 나누어 준 백색 철모를 쓰고 병사의 안내를 받았다. 북한군이 폭약으로 바위산을 뚫었다는 돌들의 박물관, 머리를 부딪치며 바닥에는 작은 샘물도 흐르는 바위굴 등을 둘러보며 분단의 아픔을 현장답사했다.

그곳은 표면적으로는 평화로운 풍경이었다. 자연 속에 묻혀 있지만 누구도 걸어다니는 사람은 없다. 해가 지기 전에 떠나와야 하고, 고기 반 물 반이라는 호수이지만 낚시를 할 수 없는 곳, 산이 그처럼 좋았지만 배낭 메고 등산하는 사람은 한 사람도 없었다. DMZ. 민간인들은 호기심이 솟아도 기웃거릴 수 없는 곳이다. 피난 일 세대들은 그곳이 그나마 고향 땅에 가까운 곳이라고 가보고 싶어한다. 아직도 남북 분쟁의 긴장감이 감도는 곳이다. 빙하처럼 얼어붙은 그 땅은 언제 다시 풀리려는지……. 인민군들이 파 놓았다는 땅굴을 둘러보았다. 땅속으로 1킬로미터나 들어가 보았다. 이북 정권의 위협을 몸으로 느끼는 듯했다.

전쟁은 오래 전에 끝났다. 지금의 서울 시민들은 전쟁과는 아무 상관이 없는 듯 평화롭게 살고 있다. 그러나 전쟁은 언제라도 다시 일어날 수 있다는 사실을 알아야 한다. 이번 여행은 고향을 이북에 두고 있는 사람들이 고향 땅에 조금이라도 가깝게 가보자는 취지에서 결성된 것이었지만, 비무장지대를 둘러본 우리들에게 무언의 교훈을 준 셈이다. 평화가 얼마나 절실한 소망인가를.

김순희

봄날의 외출

잃어버린 가을

친구야 긍지矜持를 갖자

봄날의 외출

엄마. 오늘 날씨도 화창한데 드라이브 하실래요? 전화선을 타고 딸아이의 낭랑한 목소리가 들려왔다. 우리는 노방에 꽃이 많은 자유로를 택하기로 하고 가는 길에 꽃이 제일 예쁜 집에서 점심을 먹기로 하였다. 철쭉과 영산홍이 여름날의 뭉게구름처럼 여기 저기 피어있었다. 이슬처럼 내린 간밤의 봄비로 꽃잎은 촉촉이 젖은 듯, 풋풋해 보인다. 열어 놓은 차창 사이로 훈훈한 봄바람이 꽃향기를 듬뿍 안아다 준다. 봄날치고는 유난히도 푸른 하늘엔 솜사탕 같은 엷은 구름이 유희라도 하는 듯이 떠돌고 있다. 나는 푸른 하늘을 보며 딸에게 말했다. "만일 하늘빛이 노랑이나 빨강, 혹은 남색이나 초록색이었다면 어찌 되었을 것 같애?" 딸은 "엄마는 무슨 그런 부질없는 생각을 다 해요." 하고 웃는다. "부질없긴 하지만 그런 상상이 가끔은 재미있지 않니? 가령 노랑빛이라면, 모든 사람 얼굴빛이 노랗게 보일 테니 환자같이 보일 거야. 그리고 붉은 색이었다면 모두가 술 취한 사람 같이 보일 테지. 초록이나 남색은 상상하기조차 끔찍하고……." "엄마 너무 웃긴다. 그런 상상을 다하다니." "정말 하늘이 붉은 색이었다면 인간은 모두 미쳐버릴지도 몰라. 붉은 색으로 된 방에 가두면 미치게 된다는 말도 있잖아? 하늘이 저렇게 맑고 푸르니 얼마나 다행인가 말이지, 내 말은."

우리 모녀는 아이들처럼 깔깔대며 웃었다. 우리들의 웃음소리는 봄바람을 타고 멀리멀리 퍼진다. "엄마, 무슨 공상만화 보는 것 같아요." 아마도 나는 푸른 하늘 아래 펼쳐진 축제와도 같은 이 순간의 행복을 강조라도 하고 싶었는지 모른다. 어느덧, 짙게 푸르러진 산과 나무와 변함없이 유유히 흐르는 한강의 평화에 잠시 침묵한다. 엉뚱한 생각이기는 했지만 하늘의 저 푸른색은, 어느 색과도 바꿀 수 없는 절대의 것이란 생각이 드는 것이다.

분홍의 철쭉이며, 하얀 철쭉 붉은 영산홍이 저토록 선명하게 보이는 것은, 어쩌면 파란 하늘이 있기에 더욱 제 빛을 발하고 있는 것인지도 모른다. 눈이 닿는 곳곳에 꽃들의 잔치가 한창이었다. 어디선가 꽃들의 함성이 들려오는 듯했다. 그 요란한 함성의 유혹을 뿌리칠 수 없어 나는 사월 내내 서성이고 있었다. 꽃잎이 눈처럼 깔린 길을 걸으며 행복했다.

우리 나라의 유명한 디자이너의 한 분이 여성의 옷을 만들게 된 동기를 물으니까, 그 옛날 노랑저고리에 분홍치마 입은 새색시의 아름다움 때문이었다고 했다. 오늘의 그를 있게 했노라던, 그 매혹적인 노랑과 분홍의 개나리와 진달래의 언덕을 찾기도 했다. 그 현란하고도 예쁜 꽃들 앞에서 내 찬사의 노래는 "야아 예쁘다!"는 한 마디일 뿐, 무슨 말로 그 아름다움에 답하겠는가! 그저 감탄하고 칭찬하고, 그리고 예뻐서 눈물이 났다. 며칠 후면 땅에 떨어져 없어질 저들의 운명이 가엾어서가 아니다. 해마다 보는 꽃들이 처음 보듯이, 내 가슴속에 신선한 강물이 되어 흐르기 때문이다.

밤이 가고 날이 밝으면 하루가 사라졌다는 아쉬움이 더해지는 이 나이에, 꽃들의 잔치에 동참하고픈 이 마음은 내 탓이 아니라고 변명도 해본다. 날마다 끊임없이 나를 유혹하기 때문이다. 그것들은 어린 시절 소풍가던 날의 모습 그대로 나에게 다가와 웃고 있다. 내 어릴 때 같이 놀던 친구의 목소리로 속삭이기도 한다. 옛날이나 지금이나 단 한번의 배신도 없이, 흰 것은 흰 대로 붉은 것은 붉은 대로 변치 않고 피어준다. 그 작은 꽃잎 하나 변치 않고 피어난다. 그 꽃 속에 그리운 얼굴이 있고, 흘러간 사랑이 있고 다정한 속삭임이 있다. 꽃을 보는 기쁨에서 잃어버린 것들의 아쉬움은 어쩔 수 없었다.

어느새 유럽풍의 식당이며 시골 초가草家형의 식당들이 널찍하게 자리잡고 길 양옆으로 들어서 있었다. 마치 화원이라도 이루어 놓은 듯 가지가지의 음식점 간판들이 어서 오라고 손짓하고 있었다. 크고 작은 바위들로 축대를 쌓고 그 사이사이에 꽃을 심어 아름다운 담장을 만든 집들, 형형색색의 꽃으로 정원을 가득 메운 집들이 손님을 기다리고 있었다. 서울 근교의 구석진 곳이건만 서울 차들이 행렬을 지어 주차하고 있었다. 그들도 봄을 맞아 이곳까지 찾아 온 사람들이라 나름대로 생각해 본다.

딸은 이전에 들렸던 식당에 가고 싶어했지만, 우리는 약속대로 가장 아름다운 정원을 가진 집에 찾아 들었다. 꽃이 예뻐 찾아 들어온 셈이지만, 꽃처럼 예쁘게 차려진 밥상을 받고 우리 모녀는 오래간만에 둘만의 오붓한 시간을 보내고 있었다. 식사를 마친 우리는 커피 한 잔씩 받아 들고 차에 올랐다. "엄마 오늘 꽃 많이 봤어요?" "그래 참 많이 봤다. 오늘 본 꽃을 모두 모으면 큰 산을 이루고도 남을 것 같구나." 딸도 흡족한 듯 "정말 온 세상이 꽃밭처럼 보이네요." 돌아오는 차 안 가득히 노래가 흐른다. "아아 웃고 있어도 눈물이 난다. 그대 나의 사랑아" 가수 조용필이 목메게 부른다. 꽃을 좋아하는 엄마를 위해 꽃 따라 나온 내 딸도 훗날 오늘의 내 자리에서 그의 딸과 같이 꽃구경 다닐 때가 있으리라. 그날, 그들 모녀가 무슨 생각을 하며 어떤 모습일지 알 수 없지만, 그 나들이 길에도 저 푸른 하늘 아래 붉은 영산홍은 붉게 필 것이며, 하얀 철쭉은 또 저렇게 하얗게 피어 있으리라!

(2004. 4)

잃어버린 가을

내가 갖고 있는 크고 작은 것들이 참으로 보잘 것 없는 초라한 것이란 생각이 들 때가 있습니다. 하면서도 그 초라한 것들에 감사하고 만족하는 나를 볼 때면 그것은 나의 겸손함이란 생각을 하기도 합니다. 그리고 이 겸손함에 대하여 스스로 칭찬하곤 합니다. 누구나 볼 수 있는 푸른 하늘을 보고도 무한한 행복에 젖어 들곤 하는 자신을 발견할 때도, 나는 나를 칭찬합니다. 위를 보면 그 끝이 보이지 않을 만큼 높은 빌딩 속의 사람들이 나를 내려다보고 개미 같다고 하는 소리는 나와 무관한 일입니다. 땅 위에 내가 건재해 있다는 것만으로도 행복하기 때문입니다. 그 높은 곳을 올라가면 어지러울 거라 생각해 보면 조금도 올라가고 싶지 않습니다.

내 나름의 종교는 "범사에 감사하며 살아야 한다"인 셈입니다. 그러나 전혀 감사할 수 없는 것들이 없는 것은 아닙니다. 며칠 전 신문에서 이런 글을 읽었습니다. 미국의 삼십대 대통령 쿨리지는 워낙 말수가 적어 과묵한 분으로 유명하다고 했습니다. 레이건 대통령이 그의 간결한 말을 본받고자 백악관 일층 정면에 그분의 초상화를 걸어 두었다고 했습니다. 일찍이 프랑스의 드골 대통령이나 처칠 영국 총리가 명연설로 유명하다는 얘기는 들었습니다. 그러나 간결한 말로 유명하다는 분의 얘기는 미처 들은 바 없었으므로 간결한 말도 존경의 대상이 될 수도 있다기에 나는 웃었습니다. 말수 적은 사람은 여기에도 있는데 하면서 말입니다.

내 남편이기도 한 이분은 어떠한 질문을 하여도 "알아서 하세요!" 하는 한마디로 대답하는 분이랍니다. 어느 경우에도 이 "알아서 하라"는 한마디면 넉넉한 답이라고 생각하는 분이기도 하니까요. 한 세상 동고동락하면서 어찌 비바람이 없을 수 있겠으며, 하루같이 평안하기만 했겠습니까. 혼자 질문과 답을 얻어야 하는 기형의 삶을 살아오면서, 둘이 아닌 나 홀로의 인생 여정이 버겁다고 투정하면서 살아왔지요.

이제 성장해 중년의 길에 접어든 내 자식들에게 나는 홀로 살아 왔노라 말할 때가 있습니다. 그럴 때면 내 목소리는 원성怨聲으로 변하고 다변多辯으로 이어지기도 합니다. 내 미숙함만 드러낼 뿐 그들이 보내는 연민의 눈길이 나의 위로가 되지는 못했습니다. 이럴 때면 박수 없는 강연을 끝내고 터덜터덜 단 위에서 내려오는 강연자講演者의 마음이 헤아려지기도 합니다. 외출할 때면 예외 없이 손잡고 다니는 엄마 아빠의 모습이 홀로 살아 왔노라는 어미의 말에 실감 못하는 탓이라고, 혼자 자위해 보기도 했습니다. 심지어 여행가면서 태평양을 건널지 대서양을 건널지의 의논에도 "알아서 하라"는 대답밖에 들을 수 없답니다. 아이들에겐 너그러운 아버지로 통했을지 모르지만 참으로 황당하기 이를 데 없답니다. 분명 바람직한 인생의 동반자는 아니랍니다.

이글거리던 태양이 서서히 식어가던 무렵, 남편은 병원에 입원해야 했습니다. 어울리지 않는 환자 옷을 입은 남편을 보니 걱정보다 나는 화가 났습니다. 그는 의지意志 없는 하나의 로봇이 되어 침대에 눕혀졌습니다. 그는 나보다 건강해야 했습니다. 아니 건강할거라고 굳게 믿었습니다. 지난 세월 그랬듯이 남편이 내 간호 받는 일은 없을 거라 생각했습니다. 그는 동창들 중에서도 빠지지 않는 체력이 아니던가. 그리고 같은 나이의 동창들 모두가 건재해 있지 않은가. 무엇인지 모르지만 나는 억울하다는 생각이 났습니다. 그것이 얼마나 보기 흉한 나의 교만이란 것을 알면서도 말입니다. 범사에 감사한다던 나는 어디로 가고 심술만 생기는 것입니다. 아파 누운 사람은 남편이 아닌 것만 같았습니다. 낯선 환자 앞에 어색하게 앉아 있는 내 모습이 처량해졌습니다. 그 낯선 사람 앞에 앉아 있기도 싫었습니다. 나는 환자를 혼자 남긴 채 집으로 왔습니다.

늦게 돌아온 나에게 문 열어 줄 남편은 없었습니다. 나는 꿈을 꾸고 있는 것만 같았습니다. 이층엔 아들 내외와 손자들이 있었건만 먼 나라의 사람들로 느껴지는 것은 무슨 조화인지요. 큰 무덤 속에 들어와 앉아 있는 것 같았습니다. 비로소 병원에 누워 있는 사람이 남편이란 실감이 났습니다. 소리내어 울기엔 늦은 이 나이에, 나는 아이처럼 엉엉 소리 내어 울었습니다. 어디에선가 "알아서 하라"는 말이 들리는 듯했습니다. 알아서 살아온 내가 알아서 할 일이 아무것도 생각나지 않았습니다. 나 홀로 살아왔노라던 나는 벌판에 홀로 남겨진 길 잃은 사슴처럼 암담하기만 했습니다.

불 꺼진 방안에 석상처럼 앉아 있었습니다. 푸시킨의 시가 소리되어 들려왔습니다.

삶이 그대를 속일지라도
슬퍼하지 말라. 노하지 말라.
슬픈 날엔 참고 견디라.
즐거운 날이 오고야 말리니.

심장은 미래에 살고 있다.
현재는 우울한 것 모든 것은 순간에
모든 것은 순간에 지나가 버린다.
지나간 것은 그리운 것이 되리라.

어두운 방안에 시계 침 소리만이 울렸습니다. 순간순간이 흘러가는 소리였습니다. 내일 대大수술해야 하는 남편을 남겨두고 오는 나에게 "잘 가" 하던 힘없는 목소리가 슬픈 음악처럼 내 가슴을 울립니다. 수화기를 들고 나는 큰 소리로

"컨디션은 어때요?"

"아 괜찮지, 나야 멀쩡한데. 오진인지도 몰라."

"쓸데없는 소리 말고 정신 무장이나 잘 해요. 대한민국에서 알아주는 선생님 만난 것도 행운이지. 안심 푹 놓고. 알아서 하라구요."

나도 그의 말을 흉내내어 한번 적절히 써 보았습니다.

"응 알았어, 염려 말라구." 긴 말을 이을 수 없을지도 모른다는 불안함에 수화기는 내려졌습니다. 아이에게 겁주듯 딱딱하게 말

한 내 마음을 알았을 것입니다. 그는 낮에도 애써 아무렇지도 않은 얼굴을 하고 있었지만 그 눈 속에서 떨고 있는 또 하나의 눈빛을 보았습니다. 묻지 않고, 보지 않아도 알 수 있는 세월이 그와 나에게 있었으니까요. 화나고, 억울하고, 슬프고 하는 것은 누구에게도 도움이 되지 못한다는 것을 알고 있습니다. 새삼 지난 일이 뉘우쳐졌습니다. 나는 다시 감사할 수 있는 내일을 맞이할 수 있기를 바라는 마음으로 돌아와 있었습니다.

나에게 구월과 시월은 잃어버린 계절이었습니다. 가을날의 에메랄드빛 하늘이 내 머리 위에서도 빛났으련만 나는 하늘마저 보지 못했습니다. 어느새 뜰에 핀 국화가 시들어갑니다. 간밤의 찬비에 나뭇잎들이 떨어져 쌓였습니다. 이제 서서히 가을이 문을 닫으려 합니다. 환자 옷을 벗고 돌아온 남편이, 떨어져 땅에 흩어진 낙엽 쓰는 소리가 들립니다. 아가에게 들려주는 엄마의 자장가처럼 평화롭습니다. 태풍은 구름을 몰고 지나갔습니다. 나는 기다릴 것입니다. 이제 다시 가을이 부활되어 돌아오는 날, 나는 그와 나의 잃어버린 가을을 만날 것입니다.

(2004. 11)

친구야 긍지矜持를 갖자

"해도 해도 너무해. 사람이 이럴 수 있는 거냐고,…… 참는 것도 한계가 있는 거지. 이제 걸어다닐 수 있는 날도 얼마 남지 않은 이 나이에, 일일이 보고하고 다니라는 거야."
약속 시간보다 늦게 미장원에 나타난 친구는 툴툴거리며 푸념부터 늘어놓는다.

우리는 머리손질도 할 겸 미장원에서 만나기로 약속했다. 날씨가 흐려서인지 다행히 미장원은 한가했다. 밀렸던 얘기도 하고, 임도 보고 뽕도 따는 셈이다. 오늘도 친구가 가끔 늘어놓는 남편에 대한 불만이다. 그러나 친구는 여느 때와 달리 몹시 마음이 상한 듯하여 나는 어떻게 친구의 엉킨 마음을 풀어줄까 생각했으나 얼른 말이 떠오르지 않았다. 친구의 불평에 공감하면서도 덩달아 친구의 남편을 헐뜯을 수도 없고 해서 무슨 말로 그녀를 위로할까 망설이고만 있었다. "여러 사람 속에서 생활하시던 분이 혼자 집에 있으려니 얼마나 답답하겠어. 모두가 당신을 사랑하기 때문이지, 존경하는 여사님!" 그러나 친구를 웃겨 보려던 내 계산은 빗나가고 말았다. 친구는 대뜸 "책하고만 사시던 양반이 실컷 책을 잡고 있으면 되지 새삼스레 마누라 행적이 왜 궁금한데…… 다 늦은 이 시간에 말이야!" 나는 짧은 그 한마디 속에서 친구의 말 못한 불만이 서려 있는 것을 알았다. 의사가 제 가족의 병은 고치지 못한다는 말처럼 나는 겨우 내 자신에게 해야 할 말을 친구에게 한 것뿐이다.

거울 속의 친구 얼굴이 오늘따라 조금도 행복해 보이지 않았다. 분명 남편에 대한 섭섭했던 일만을 떠올리고 있는 것 같았다. 지나간 불행한 일들을 생각한다는 것은 친구의 말처럼 다 늦은 이 시간마저 불행하게 하는 것이다. 나는 친구의 깊어지는 생각들을 방해 할 생각으로 "그래도 너의 남편은 어느 남편보다 이해심 많다고 생각해, 난. 마나님은 자원봉사 한다고 매일 외출하고, 남편은 혼자 점심 들게 하니, 보통 남편들은 이해 못하는 사람이 많을 걸. 같이 살 날이 한없이 있는 것도 아닌데." 기氣가 꺾일 줄 알았던 친구는 내 말이 끝나기도 전에 "모르는 소리 하지도 마! 나를 얼마나 꽁꽁 묶어 두었는지 알어! 그 끈은 나를 숨도 못 쉬게 했다고. 내가 바깥세상 본 지가 겨우 이 년밖에 되지 않았어. 생각하면 할수록 열이 나고 화가 나는 거야. 자기 친구 부인들은 젊어서부터 사회활동을 시작해서 지금은 이미 유명한 사회단체의 장長으로 활약하고 있단 말이야. 그 부인도 물론 훌륭했겠지만 그 남편이 부인의 사회활동을 이해하고 음으로 양으로 외조했거든. 외조는커녕 마누라 바깥바람 쐬면 큰일 나는 줄만 아는 고리타분한 양반이 우리 집 양반이야. 자기 자신은 또 어떻고, 퇴직한 자기 친구들은 나름대로 병원 원장으로 초빙되는 판에 모든 것을 부정적으로만 생각하더니 자기만 따분하게 된 거야……. 사필귀정事必歸正이지." 친구는 막아두었던 봇물이라도 터뜨리듯 단숨에 불평불만을 쏟아내는 것이었다.

이 친구는 육십이 넘은 나이에도 외국 여행객 안내의 자원봉사를 하고 있다. 그렇게 해서라도 삶에 대한 공허를 조금이나마 덜어내려고 하고 있다. 나름대로 보람을 느끼며 산다고 한다. 그러나 언제나 남편의 지나친 관심이 부담스럽다는 것이다. 돌이켜 생각하니 남편 뒷바라지, 아이들 뒷바라지만이 삶의 목적인 양 바보스럽게 산 것이 후회된다는 것이다.

나는 친구를 달래듯이 말했다. "친구야! 이 나이가 되어 지나간 날들에 만족하는 사람이 몇이나 되겠어. 아무리 성공한 삶이라도 어찌 한 가닥 회한悔恨같은 것이 없을 수 있겠니! 그런 마음은 너만의 것이 아니야. 누구나 조금씩, 더러는 크게도 후회하지만 지나간 날들을 돌이킬 수 없으니 그저 그런 대로 살아갈 뿐이지. 너무 가슴 아파하지 마! 나는 친구에게 이어서 말했다. "지나간 날 아이 셋 키우며 또 남편 뒷바라지하고 살림하는 것들이 힘들진 않았어?" 친구는 "말도 마. 그것도 너무 힘들었지. 더구나 큰 아들 재수시켜 의과대학 보낼 땐 아이는 물론 나도 너무 지쳤었지. 밑에 아이들도 쉽게 풀려가지 않더라고. 하긴 그 때 일 생각하면 지금은 천국에 사는 셈이지. 아이들 시험 성적에 내 마음이 천당 갔다 지옥 갔다 했었으니까. 그래도 이제 모두 짝지어놓으니 내 책임 다 한 것 같아 혼자 흐뭇하기도 하고 대견하게 생각될 때도 있긴 해."

부어 있던 친구의 얼굴에 비로소 미소가 떠오르고 있었다. "그것 봐. 거기에다 출세한답시고 바깥일까지 했다면 아들 딸 지금처럼 반듯하게 잘 자랐을까? 잘 생각해 봐. 물론 아이들도 잘 키우고 자신도 출세하고, 가정도 잘 가꾸며 훌륭하게 잘 사는 현명하고 능력 있는 엄마들도 있겠지. 부러운 일이지만, 삶에는 포장된 외형만 있는 것이 아니라, 아무에게도 보이지 않는 포장 속의 내면에 진짜 행복과 불행이 있다는 사실이야. 본인밖에 볼 수 없는 그 내면에! 본인들이야 성취감에 순간순간 즐겁고 행복했겠지. 커다란 보람으로 가슴 뿌듯한 삶을 살 수도 있었겠지. 하지만 엄마 없는 집안의 스산하고, 쓸쓸한 그림자와 같이 살았을 아이들에겐 무엇으로 보상될지. 과연 엄마의 출세로 보상이 될 것인지 궁금해. 성공한 다음의 인생만이 삶이 아니고 그 과정의 삶, 더구나 철없던 어린 시절의 삶이 인생에서 더욱 중요한 부분일 수도 있다고 나는 생각해. 어린 시절의 추억은 우리들 가슴에서 영원히 지워지지 않으며, 가끔은 행복하게도 때로는 슬프게도 하기 때문이야."

나는 어느 이름 있는 요리사가 요술 부리듯 요리를 척척 만들어내는 것을 보고 그 요리사의 남편은 참으로 행복하겠다는 생각을 한 일이 있다. 훗날 그녀의 남편이 어느 잡지에서 한 얘기를 보고 웃었던 기억이 난다. 아내가 텔레비전에서 맛있는 요리를 만드는 그 시간 자기는 그것을 보면서 손수 라면을 끓여 먹는다고 했다. 아내의 요리는 작품일 뿐이라는 것이다. 보통 아내들이 하는 밥마저 남편을 위하여 지을 수 없을 만큼 유명한 요리사 아내는 바쁘기 때문이다.

"친구야 억울하다고 생각하지 마. 하느님이 바쁘셔서 어머니를 만들어 대신 돌보게 했다는 영광스러운 엄마의 자리에서 우리는 충실했을 뿐이야! 적어도 자식들의 가슴속에 따뜻한 어머니의 이름으로 영원히 남아 있을 테니까. 시간이 흐르면 잊히는 이름보다 백 배 훌륭하지 않겠어? 만인의 갈채 속에 살았던 우리나라 미인 스타가 네번의 결혼과 네번의 이혼을 한 후 그녀가 말했지. 다시 태어난다면 평범한 이웃의 아줌마들처럼 고만고만한 고민을 하면서 평범하게 살고 싶다고. 뭇 남자, 여자들의 부러움의 대상이었던, 화려하고 아름다웠던 그 여인이 울타리 속에서 앞치마 걸친 우리를 부러워했단 말이야! 우리도 긍지를 갖자고, 긍지를!"
우리는 거울 속에서 서로를 바라보며 웃었다.

밝아진 우리의 마음처럼, 찌푸렸던 하늘이 활짝 개이고 신록이 우거진 오월의 거리엔 무량無量한 햇살이 마냥 퍼지고 있었다.

이선화

오두막 편지

아침 10시 30분, 전화벨이 울려서 받아보니 어렸을 적 소꿉친구가 병원에 입원했다는 전갈이다. 3년 전 대수술로 인해 건강이 좋지 않아 친구들이 늘 걱정하던 때라 겁이 덜컥 났다. 어렸을 적 시골에서 썰매 타며 놀던 친구지만 오랫동안 연락이 없었다. 내가 그 친구를 만난 건 3년 전 수술을 마치고 막 병원에서 퇴원했을 무렵이다. 친구로부터 소식을 듣고 궁금증을 가지고 달려간 곳은 서울 변두리에 있는 조그만 레스토랑이었다. 병고 끝이라 조금은 수척해 보였지만 워낙 잘 생겨 여학생들에게도 인기가 많던 친구라 그런지 서글서글한 눈매에 잘생긴 코, 한눈에 금방 알아볼 수가 있었다.

"잘 있었어?"

"응. 하나도 안 변했네. 그대로야." 하면서 이야기꽃을 피웠다. 학교 때 공부를 잘해 의대에 입학해 의사생활을 했지만, 지금은 건강이 좋지 않아 병원을 그만두고 안성에 있는 조그만 양로원에서 의술 봉사만 하고 있다는 것이다. 주로 치매와 중풍에 걸린 노인들을 돌보고 있다고 했다. 한편으로는 친구를 만나 기쁜 마음이었지만, 다른 마음 한구석에서는 건강이 좋지 않은 그의 모습에 안쓰러운 생각이 들었다.

건강 조심하라고 하면서 애들 대소사나 있으면 연락하고 친구들과의 모임이 있으면 만나자고 하면서 헤어졌다. 헤어질 때 그는 나에게 책 한 권을 건네줬다. 법정 스님의 『오두막 편지』였다. 평소 법정 스님의 글을 많이 읽고 존경하는 분이라 어떤 선물보다 반갑고 기뻤다. 그 친구는 아프고 난 뒤부터는 어려운 사람들에게 봉사하며 이웃에게는 덕을 베풀고 살아야 한다고 늘 입버릇처럼 이야기 했다.

얼마 전 내가 스키장에 가서 다리를 다쳐 모임에 나가지 못했더니, 마음이 고운 그 친구는 안개꽃 한 다발을 사가지고 내게 병문안을 왔다. 평소 안개꽃을 무척 좋아한다는 것을 그는 알고 있었다. 발에 깁스를 하고 있어서 답답해하던 내게,

"내가 정형외과 의사야. 아무리 답답해도 의사가 시키는 대로 해야 빨리 낳는 것 알지?" 하면서 지켜야 할 것을 가르쳐 주었다.

우리에게 봉사하기를 권유해 그가 봉사하는 곳을 가본 적이 있었다. 치매 노인과 중풍에 걸린 노인들이 사람을 알아보지 못하고 있었다. 우리는 봉사라는 것이 오히려 겁이 났지만 그 친구는 참으로 대단했다. 한 사람 한 사람에게 자상하게 대하면서 누가 왔는지도 모르고, 제대로 몸을 가누지도 못하는 그들에게,

"아픈 곳은 없으세요?"

"지난밤 잘 주무셨어요?" 하면서 자상하게 묻고 있었다. 의료봉사를 하는 그를 놀랍게 바라보지 않을 수 없었다. 돌아오는 길에 우리는 숙연한 마음으로 "우리의 앞날을 알 수만 있다면 얼마나 좋을까? 저분들도 젊어서는 저렇게 될 줄 누가 알았을까." 하면서 예측할 수 없는 우리들의 삶을 말했다.

그런데 이게 웬일인가? 바로 그 친구가 쓰러진 것이다. 뇌경색으로 쓰러져 급히 병원으로 옮겨져 수술한 결과 몸의 반쪽을 쓰지 못하고 병상에 누워 있었다. 놀라서 할 말을 잃은 우리에게,

"나는 이제 다 산 것 같다."고 맥없이 말했다.

우리는 말을 잃은 채 소리 없이 울기만 했다. 다시 일어나 걸을 수 없다면 저 아까운 청춘을 어쩌나? 아무리 생각해도 활기차게 봉사활동을 하던 이전의 모습을 찾아볼 수 없을 것 같아 더 애절한 마음이 들었다. 아픔을 많이 겪은 친구이기에 항상 우리를 만나면 시간의 귀중함을 말하면서 들풀 하나까지도 소중한 생명임을 일깨워주던 친구였는데, 너무나 안타까워 우리들은 할 말을

잃은 채 돌아왔다.

며칠 지나 다시 한번 더 친구에게 문병을 갔다. 하지만 의사의 지시에 따라 절대안정이라서 면회를 할 수 없다고 해서 환자를 만나보지도 못하고 발길을 돌려야만 했다. 보고 싶은 친구를 보지 못하고 돌아서는 서운함도 컸지만 어쩔 수 없는 일이었다. 제발 건강하게 살아만 달라고 기도하며 집으로 돌아와 선물로 받은 『오두막 편지』를 읽었다.

"친구야! 어서 일어나, 건강한 네 모습이 보고 싶어." 나는 나지막하게 외쳐본다. "너는 네 한 몸이 아니라, 너를 필요로 하는 많은 사람이 기다린단다. 네가 일어나는데 누구의 도움이 필요하다면 우리 기꺼이 너의 도움이 되어줄게. 우리에게 보여준 그 사랑으로 이제 우리가 너의 손과 발이 되어주고 싶어. 썰매를 타고 놀던 그 시골에 예쁜 집을 짓고 뜰에는 제비꽃, 할미꽃, 맨드라미, 봉숭아도 심을 테니 놀러 오렴. 네가 찾아오는 그 겨울날이면 화롯불에 고구마를 구워서 먹어도 좋지 않으련?"

나는 오늘도 그 친구를 위해 기도한다.

할아버지의 사랑

지금도 나는 나의 어린 시절을 보냈던 시골집을 또렷하게 기억 한다. 충청도에 있는 조그만 시골 마을. 지금은 세월이 지나 내가 살던 집이 헐려서 없어져 버렸지만 그곳에서 나는 할아버지, 할머니와 함께 살았다. 집 뒷마당 사랑채 옆에는 감나무가 한 그루 있었고, 앞마당 우물 옆에는 초가을이면 먹음직스럽게 열리는 복숭아나무가 있었다. 감나무 밑 토끼장에는 하얀 토끼 두 마리를 키웠는데 그 토끼들에게 먹이 주는 것은 내 일이었다. 감나무 꽃이 하얗게 떨어지면 나는 실에 꿰어 목걸이도 만들어 걸어 보고, 또 왕관을 만들어 써보며 공주가 되기를 꿈꾸기도 했다. 사랑채 지붕에는 박이 주렁주렁 달려 있었다. 햇볕이 따가운 날이면 할머니는 사랑채 지붕 위에 고구마 순을 삶아서 말리기도 하고 호박꼬지를 말려서 겨울이면 우리에게 맛있는 음식을 만들어 주기도 했다. 명절이 돌아오면 읍내에 있는 양장점에 가서 커다란 장미꽃이 그려 있는 천으로 원피스를 맞춰준 기억으로 보면 시골에서는 꽤나 살기가 괜찮은 살림이었던 것 같다.

아버지는 우리가 살고 있는 곳보다 더 시골에서 교편생활을 하셨기에 나는 할아버지, 할머니와 함께 생활해야 했다. 자식이라고는 아버지 한 분에 맏손녀인 나를 두 분께서는 딸처럼 키우셨다. 나는 특히 할아버지로부터 사랑을 듬뿍 받고 자랐다. 평소 친구들이 나에게 산으로 소꼴을 먹이러 가자고 하면 할아버지는 행여나 나뭇가지에 긁혀 상처라도 날까 염려해서 절대 허락하지 않으셨다. 소꼴은 고사하고 집안일 돕는 것도 못하게 하시고는 공부나 열심히 하라고 하셨던 분이다. 지금도 눈에 선히 떠오르는 것은 친구들이 한 손에는 책을 든 채 소를 몰며 산으로 풀을 먹이러 가면 나는 그것이 부러워 그들의 뒷모습만 바라보던 내 모습이다. 어릴 적 친구들을 만나면 친구들은 옛 이야기들을 나누며 신이 나지만 나는 친구들과 별다른 추억이 없어 늘 말문을 닫곤 한다. 어느 때는 나를 너무 곱게 키우신 할아버지가 원망스러울 때도 있다. 그래서 그런지 나는 지금도 가족과 몇몇 친구들을 제외하곤 친한 친구들이 많지 않은 편이다. 때로는 시골 출신답게 자라면서 시골 친구들을 많이 가지고 있는 그들이 부러울 때도 있다.

해질 무렵이면 할아버지는 하루 종일 들에서 일하시다 지게에 풀을 잔뜩 메고 들어오셨다. 지게 한구석에는 빨간 산딸기가 소담스럽게 담겨 있었다. 나는 그 딸기 먹는 재미에 들에 나가신 할아버지를 기다리곤 했다. 그 때 난 산딸기는 애들만 먹는 것인 줄 알았다. 그래서 버릇없게도 할아버지에게는 맛 한번 보라는 말도 없이 냉큼 냉큼 애기 새들처럼 받아먹었다. 저녁이면 할머니께서 홍두깨로 밀어서 만들어 주신 칼국수를 먹곤 했다. 호박을 쑹쑹 썰어 넣어 만든 것으로 정말 맛이 있었다. 한 그릇 다 먹고는 마당에 멍석을 펴고 하늘의 별을 세며 할아버지 옆에 누워 옛날이야기를 들었다. 행여 모기가 우리 손녀딸 물지나 않을까, 부채질도 해 주시던 할아버지가 나는 너무 보고 싶다. 할아버지가 딸처럼 키워주신 탓에 나는 지금도 어머니 아버지보다는 할아버지를 꿈속에서라도 더 그린다.

할아버지는 내가 중 · 고등학교를 다닐 때도 꼭 같은 관심으로 나를 지켜보셨다. 한 달에 한번씩은 꼭 학교에 찾아와 담임선생님도 만나시고 손수 농사지은 들깨며 참기름도 선생님 드시라고 가지고 오셨다. 지금도 잊을 수 없는 것은 수업 끝날 무렵 내가 공부하는 교실 복도에서 기다리고 서 계신 모습이다. 두루마기를 말끔하게 차려입으신 할아버지가 중절모를 깊이 눌러 쓰고 나를 기다리고 계셨다. 쉬는 시간이 되어 나가면 적삼 속 깊숙이 숨겨 놓은 무명천 지갑을 열어 용돈을 주시면서 꼭 필요한 데 쓰라고 하셨다. 나는 그 때 친구들 앞에서 할아버지를 만나는 것이 너무 창피하고 부끄러웠다. 제발이지, 그만 와 주셨으면 하고 속으로 바랐다. 지금 생각하면 참 철도 없는 계집애구나 하는 생각이 든다. 할아버지는 아마도 그 때가 정말로 행복한 순간이셨을 텐데 말이다.

언젠가 내가 시집 와 살면서 힘든 일이 생겨 친정에 갔을 때도 할아버지는 내 마음을 금방 알아차리시고 할아버지가 단골로 가시는 국밥집에 가서 국밥 한 그릇을 사주시며, “욕심 부리지 말고 살아라, 하나를 얻으면 하나를 잃는 것이 순리이고, 하나를 얻었는데 또 하나가 생기면 감사하게 받아들여야 한다. 이웃에게 베풀고 살아야 마음이 편하니라.” 라고 말씀하셨다.

그때는 그 뜻을 깊이 깨닫지 못했지만 지금은 어렴풋이 그 뜻을 알 수 있을 것 같다. 내가 둘째 아이를 낳고 몸조리하고 있을 때도 할아버지는 보약을 지어서 오셨다. 증손자를 보러 왔다면서 누워 있는 내 배를 만져주시며 안쓰러워하시던 그 쪼글쪼글한 모습이 지금도 눈에 선하다. 내가 두 아들을 데리고 유럽여행을 갈을 때의 일이다. 이태리 바티칸 성당에 들어가려고 서 있었는데, 노인 한 분도 들어가려고 줄을 서 있었다. 노인의 모습은 어디나 같다. 그 모습을 보고 갑자기 할아버지 생각이 나서 눈물이 왈칵 쏟아졌다. 나도 할아버지가 계시면 이곳에 모시고 와도 좋을 걸. 맛있는 것도 사드리고 좋은 구경도 시켜 드렸으면 얼마나 좋아하실까, 라고 생각했다. 그날 밤 호텔에 들어와 할아버지 이야기를 하면서 실컷 울었던 기억이 난다.

요즘은 정말이지, 할아버지가 너무 보고 싶다. 세월이 가면 갈수록 그리움은 더해가고, 보고 싶은 할아버지는 이 세상에 계시지 아니하고, 이것이 부재의 연정인가 보다. 어느 때는 꿈속에서 할아버지를 그리다 베개 잎이 흠뻑 젖도록 그리움에 사무쳐 운 적이 한두번이 아니다. 단 한번이라도 다시 볼 수 있다면, 마흔이 넘은 나이에 철없는 애들처럼 자꾸만 눈물이 난다. 예전의 할아버지가 너무나도 보고파서.

할아버지! 너무 너무 보고 싶어요. 할아버지의 사랑하는 손주딸 선화예요. 제 목소리 듣고 계시죠.

주말 부부

임진강 억새가 지금쯤 하얀 수염을 날리면서 강둑을 보고 으스스한 소리를 치고 있을 것 같다. 작년 이맘때 이곳 일산으로 이사 왔을 때 친구들이 우리 집으로 놀러왔었다. 그때 임진강 억새를 보고 너무나 아름답다면서 이제부터 나를 임진강 여인이라고 부르겠다고 했다. 그 때가 엊그제 같은데 벌써 일년이 지났다. 남편이 처음 지방으로 전근을 갔을 때 큰 아들은 유학 가 있었고, 작은 아들은 대학생이 되어서 늘 늦게 들어오던 때라 평소 말이 없던 남편은 자꾸 내게 염려하는 마음에서 되묻곤 했다.

"나 없이도 살겠나?"

"그럼요."

"혼자 밥도 잘 챙겨 먹을 수 있나?"

"아휴, 걱정 말아요."

사실 나는 속으로 무척이나 신이 나 있었다. 남편이 특별히 나를 힘들게 한 것도 없는데, 무슨 옥살이에서 해방이라도 된 양 마냥 즐거웠다. 친구들에게 남편이 지방으로 발령을 받았다고 했더니, 야 너는 좋겠다. 이 나이에 떨어져 사는 복까지 받았다니, 하면서 무척이나 부러워했다. 결혼해서 지금까지 출장 한번 안 가고 같이 사는 친구들은 내가 무척이나 부러웠던 모양이다. 이런 아내들의 속마음도 모르고 남편은 애들 원룸 하나 얻어 주고 같이 내려가자고 했다. 나는 속으로 절대로 그럴 수 없지, 하면서 마음속으로 내려가지 않기로 결심하고 있었다.

"아휴 당신도, 당신하고는 호호백발 될 때까지 마주보며 같이 살 사람이지만, 애들은 이제 우리가 데리고 있으면 얼마나 데리고 있겠어요? 결혼하면 곧 내보내야 할 텐데요. 나 없다고 술 많이 드시지 말고 당신 건강관리나 잘 하세요."

이런 내 속을 알 리 없는 남편은 작은 아들에게 특별히 당부하면서 아빠 없으면 "네가 아빠 대신 잘해야 한다, 늦도록 밖에 있지 말고 일찍 일찍 들어와야 한다."고 당부했다. 남편이 지방으로 내려간 지도 벌써 3년이 되었다. 처음에는 아들도 일찍 들어오는 시늉을 하더니 이제는 밤중이나 들어와 초저녁잠이 많은 나로서는 아들 얼굴 보기가 힘들다. 요즘은 유학 갔던 큰아들이 들어와 좀 낳을까 했더니 졸업반이라 더 바쁜 모양이다. 나는 남은 시간을 활용할 수 있는 것이 무엇일까 궁리하고 있던 차에 큰아들이 이화대학의 평생교육원에 등록하라고 권유하였다. 〈생활수필반〉에서 공부하기로 했다. 나이 들어 공부하기가 쉬운 일은 아니지만 기왕 시작했으면 열심히 하기로 마음먹었다.

그만해도 다 컸다고 아이들이 다 나를 챙겨 주고 있다. 얼마 전에는 박완서의 『그리움을 위하여』라는 책을 사다 주며 읽어보라고 권했다. 공부를 시작하는 나에게 격려해 주는 큰아들이 꽤나 믿음직스럽다. 한동안 열심히 책도 읽고 글도 쓰곤 했는데 요즘은 계절 탓인지 책 읽는 것도, 글 쓰는 것도 집중이 되지 않고 그냥 멍하니 먼 산을 바라볼 때가 많다. 달만 쳐다보는 처량한 강아지 모습이 나 아닌가 싶다.

남편이 없으면 굉장한 일이라도 할 듯이 신이 났던 때는 언제였단 말인가. 이런 내 마음을 읽었는지 두 아들이 번갈아 가며, "엄마, 무슨 일 있어요?" 하는 말을 인사말처럼 한다.

엄마가 예전에는 굉장히 무섭고 커 보였는데, 요즘은 하나도 무섭지 않고 왜 그렇게 작아 보이는지 모르겠다고 하면서, 나를 번쩍 안아주는 작은아들 때문에 잠시 웃기도 한다. 두 애들이 보이지 않게 엄마 걱정을 하는 것 같아 이래서는 안 되겠다 하면서도 무거운 마음에서 헤어날 수가 없다. 전화벨 소리가 울려 받아보니 남편이다.

"별일 없지?"

울컥 눈물을 참으며,

"네."

"왜 그래? 무슨 일 있어?"

남편이 다그친다.

"아니요."

"이 녀석들 또 말 안 듣는구나. 내가 전화해서 야단쳐 줄게."

회사 일에 매이다 보니 바빠서 여름휴가 한번 제대로 못 가는 남편은 아직도 장성한 아들이 어린애들인 줄 아는 모양이다. 그 새 세월 많이 간 줄도 모르고. 다 큰 애들이 무슨 말을 안 들었단 말인가? 내 마음을 알 리 없는 남편은 딴 소리를 하고 있다. 나를 사랑하는 것은 분명한데, 워낙 무심해서 당신 손으로 생일 선물 한번 사주지 못하는 무뚝뚝한 남편이다.

일요일 아침, 두 아들이 청소기를 돌리며 야단법석이다. 아마도 남편이 며칠 전 내 목소리를 듣고 마음에 걸려 큰아들에게 전화로 무슨 말을 한 것 같다. 모처럼 두 아들이 시간을 내어서 엄마를 도우려고 저렇게 노력을 하고 있는 모양이다. 썩 마음이 내키지는 않았지만 아이들의 성화로 드라이브를 나가기로 했다. 큰아들이 운전을 하고 통일전망대를 향해 떠났다. 자유로를 달리다 보니 내 눈길 주는 곳마다 가을 냄새가 물씬 풍겼다. 길가에 활짝 핀 코스모스가 환하게 웃는다. 간간이 보이는 고운 단풍잎들, 누런 황금들녘 그 중에도 길가에 가지런히 서서 한 곳만 바라보는 해바라기는 내 맘 같아 더 정감이 간다. 잠시 나를 설레게 했지만 내 안에 비어 있는 남편의 자리는 채울 수 없었다. 두 아들이 든든하게 양 옆에 앉아 있지만, 남편의 자리를 대신할 수는 없다는 것을 새삼스럽게 다시 느낀다.

큰아들이 백미러로 힐끔 힐금 나를 보며 "엄마, 좋지요?" 한다. "엄마는 길가에 피어 있는 하얀 개망초 꽃만 보아도 가슴 설렌다고 했잖아요. 이화수필반에서 글공부 열심히 해서 나중에 시골 가서 예쁜 집 짓고 글 맘껏 쓰세요. 그러면 엄마 더 멋있을 거예요." 하면서 두 아들이 번갈아 가며 떠든다. 아무 말도 귀에 들리지 않는다. 사람 마음 간사하기 짝이 없다더니, 나를 두고 하는 말이 아닌가? 남편 발령 받아 내려가는 것이 뭐 그리 좋은 것이라고 신이 났는지, 곁에 있을 때는 소중함을 모르는 법이다. 남편이 퇴근하면 시간 맞춰 동태찌개라도 보글보글 끓여놓고 마주 앉아 저녁을 할 수 있다면 얼마나 좋을까. 갑자기 남편이 보고 싶다. 그리운 마음이란 이런 것을 두고 하는 말인가. 나는 그 동안 많은 걸 받고만 살아왔다. 이제 내가 철이 나는 걸까. 지난주에 올라온 남편의 희끗희끗한 머리에 주름진 얼굴, 주말이면 잠시 머물다 가는 남편의 뒷모습을 보니 새삼 안쓰러운 마음이 들어 눈시울이 뜨거워진다. 가족들을 위해 어쩔 수 없이 객지에서 고생하고 있는 남편이 오늘따라 보고 싶다.

창 너머로 휘영청 밝은 달이 떴다. 남편도 저 달을 보고 있겠지.

"달님아! 오늘은 내가 마음속에서 쓰고 있는 이 편지를 꼭 전해야 돼." 나는 이렇게 달에게 속삭인다.

여름엔 시원하고, 겨울엔 춥지 않고, 그리고 나의 작은 뜰에는 내가 좋아하는 들꽃들로 가득 차 있고, 나만의 향기가 가득한 집, 그래서 당신이 내게 올 때는 언제나 마음 편히 쉴 수 있는 곳, 그런 따스한 집이 당신을 기다리고 있다고, 멀리 있는 내 남편에게 전해줄 수 있겠니.

제 2 편

배정순
신정호
이차순
최현희

배정순

기다리는 마음

어머니의 손맛

아들의 뒷모습

기다리는 마음

남편과 같이 금강산 관광을 가게 되었다. 복잡한 절차를 거쳐서 긴장감이 감도는 비무장지대를 지나는데 어린 시절에 들었던 노래 한 구절이 문득 뇌리를 스쳐갔다.

뉘라서 바라던가, 눈물에 장벽을.

뉘라서 끊었던가, 내나라 한복판을.

끝없이 이어진 철책선을 바라보니 마음이 착잡했다. 슬픔과 설렘이 교차되는 사이에 버스는 북한에 있는 온정각에 도착했다.

관광 이틀째 만물상 코스를 가기 위해 차는 이른 아침에 출발했다. 단풍이 절정에 이르렀다는 뉴스를 집에서 듣고 기대에 부푼 마음으로 왔었다. 그런데 단풍은 산 능선에는 이미 지고 낮은 산자락에만 마지막 잎새를 불태우고 있었다. 그 잎새 사이사이로 곧게 자란 아름드리 적송들이 군락을 이루고 서 있어 아쉬운 마음을 조금이라도 달랠 수 있었다. 차는 S자를 그리며 골짜기를 돌고 돌아 산 중턱에 있는 만상정 주차장에 도착하였다.

삼선봉을 바라보며 귀신의 얼굴을 닮았다는 귀면암을 들려서 망양대를 향해 걸음을 재촉했다. 목적지를 답사하고 다시 내려와 한 시 삼십분까지 차가 출발하는 시간을 맞추려면 걸음을 서둘러야 하기 때문이다. 사방을 둘러보니 산봉우리들은 저마다 기기묘묘한 형상으로 우리들의 눈길을 끌었다. 어떤 봉우리는 새의 모습으로, 어떤 봉우리는 짐승의 모습으로 천태만상을 이루고 있었다. 과연 기암괴석이 많은 금강산은 일만 이천 봉이란 말이 실감이 났다.

산길은 두 사람이 간신히 비켜갈 정도여서 조금만 방심하면 천길 낭떠러지로 굴러 떨어질 것 같다. 올라갈수록 경사가 심해 숨쉬기가 힘들다. 중도에 포기하고 싶었지만 어제도 구룡폭포를 구경하고 상팔담을 오르다가 중도에 하산하고 만 것이 못내 아쉬웠다. 이년 전만 해도 일주일에 한번씩은 남편과 같이 등산을 다녔었다. 근래 등산을 전혀 않다가 갑자기 높은 산을 오른 것이 무리였던지 머리가 너무 아파 중도에 포기하고 만 것이다. 오늘은 있는 힘을 다해서라도 망양대를 오르리라 결심하였다. 그러나 마음만 앞섰다. 앞서가던 남편이 처져 따라가는 내가 보기 딱했든지

기어코 한 마디 한다. “우리보다 나이든 어른들도 잘들 올라가는데 한창 나이에 뒤처지면 어떡하느냐”고 재촉을 하였다. 나이와 상관없이 사람마다 체력의 한계가 있는 법이다. 남편의 서두르는 마음은 알고 있지만 은근히 짜증이 나서 “나 여기서 쓰러지면 당신이 업고 갈 거요? 그렇지 않아도 힘들어 죽을 지경인데 재촉하면 나 더 이상 못 가요.” 하고 대답했다. 젊어서는 틈만 나면 서울 근교에 산들을 정상까지 정복했는데 세월 이기는 장사 없다더니 그 말이 절실하게 느껴졌다. 갈림길에서는 안내원들이 서서 산림 훼손도 막고 길 안내도 해주고 있었다. 천선대는 어려운 코스라 위험하니 나이 많은 어른들은 오르지 못하도록 만류하기도 하였다. 철 사다리를 두 손으로 잡고 오르는데 다리가 후들후들 떨리고 있었다. 내 생전에 이곳을 다시 올 수 없으리라는 생각에 미치자 있는 힘을 다해 오르기 시작했다. 마침내 정상에 오를 수 있었다.

바라보노라니 산 아래 펼쳐진 풍경은 한 폭의 산수화를 보는 것처럼 아름다웠다. 사람들도 저마다 수려한 경치에 감탄한 듯 여기저기서 탄성을 질렀다. 동해의 옥색 물결이 하얀 포말을 이루며 끝없이 펼쳐진 백사장에 파도치고 있었다. 그토록 아름다운 경치를 바라보고 있노라니 그 전날 해금강 코스를 포기하고 만 것이 후회가 되었다. 천선대와 하늘문의 아기자기한 산봉우리들은 추녀 끝의 고드름 같아 신비로움의 극치였다. 지치고 쌓인 피로가 일순간에 다 사라졌다. 힘들었지만 올라오길 잘했다는 생각에 내 자신이 너무도 대견하게 여겨지기도 했다. 산을 오른다는 것은 인생살이와 흡사하다. 지치고 힘들어도 한발 한발 걷다보면 결국엔 목적지에 도달할 수 있고, 또 다른 세계를 바라볼 수 있다. 더불어 가슴 뿌듯한 성취감은 물론 얻어진 자신감은 삶의 밑거름이 될 수도 있다. 인생살이도 마찬가지로 시련과 고통이 클수록 보람과 기쁨이 크게 마련이다. 크고 작은 산들은 산줄기를 동해로 뻗어내려 마치 조개껍질을 엎어놓은 듯 보였다. 만고풍상을 겪은 나무들은 하나같이 남쪽으로 가지를 뻗고 있었다. 최종 목적지인 망양대에 오르니 그곳을 담당하고 있는 안내원이 그 곳에 얽힌 전설傳說을 말해주었다.

그 옛날 바닷가에 젊은 부부가 살고 있었다. 비록 가난한 살림이었지만 행복한 나날이었다. 그런데 부인이 원인 모르게 야위어 가니 어부는 걱정이 태산 같았다. 그때 고래 고기를 먹으면 건강해진다는 소문을 듣게 되었다. 어부는 사랑하는 아내의 만류를 무릅쓰고 고래를 잡으러 배를 타고 바다로 나갔다. 하루 이틀 날이 갔으나 어부는 돌아오지 않았다. 부인은 초조하고 불안한 마음에 몸은 더욱더 쇠약해져 갔다.

행여 높은 곳에 올라서 바다를 보면 남편이 돌아오는 배가 보일까 싶어 망양대를 올랐다. 애타는 심정으로 날마다 망양대에 올라서 바다를 바라보며 남편이 무사히 돌아오기를 천지신명께 간절히 기도를 드렸다. 날이 가고 달이 가고 어느덧 눈보라치는 겨울이 되었다. 지칠 대로 지친 부인은 백 일째 되던 날 눈 속에서 기도를 하다가 그만 정신을 잃고 말았다. 남편을 향한 여인의 갸륵한 마음을 기리기 위해서 후세 사람들이 바라볼 망望자에 바다 양洋자 높을 대臺자를 붙여서 망양대望洋臺라 이름 지었다 한다.

그 유명한 우리의 가곡 '기다리는 마음'의 발원지가 망양대라 하였다. 안내원은 설명을 하다가 신이 났는지 "일출봉에 해 뜨거든 날 불러주오. 월출봉에 달뜨거든 날 불러주오……." 바리톤으로 노래를 부르기도 하였다. 관광객들은 환호성을 지르며 박수를 쳤다. 노래를 끝까지 다 부르라고 권하기도 하였다. 이 노래 가사는 삼십삼 세의 아까운 나이에 분신자살한 시인 김민부씨가 쓴 시詩다. 월남 작곡가 장일남씨가 일사 후퇴 때 단신 월남하여 1964년에 노래로 작곡한 것이다. 어려움 속에서도 음악에 대한 열정을 잃지 않고 창덕여고 교사로 재직하면서 이 노래를 만들어 세상에 알렸다고 한다. 나의 애창곡의 발원지에 서 있다는 것이 너무도 감격스러웠다. 앞에서 끌어주고 뒤에서 밀어주며 망양대까지 오르게 해준 남편에게 고마운 생각이 들기도 했다.

세월이 오가는 길목에서 천년의 바위가 되어 망양대의 주인이 되어 있었다. 나는 그 바위를 어루만져 보며 바다를 향해 울부짖다 끝내 숨져간 여인의 모습을 상상해 보기도 하였다.

시간에 쫓겨 잠시 동안 쉬었다 다시 내려오면서 내 머리 속에는 온통 그 여인의 생각으로 가득하였다. 내가 만약 그 여인의 처지라면 나는 어떻게 하였을까? 언제부터인가 전해져 오는 전설이라지만 누구나 자신의 삶을 다시 한번 돌이켜 생각해 보는 곳이기도 하다. "기다려도 기다려도 임 오지 않고 파도소리 물새소리에 눈물 흘렸네." 여인의 가련한 영혼을 위로하는 마음으로 이 노래의 남은 소절을 나는 나지막하게 웅얼거려 보았다.

남과 북이 통일되어 마음대로 오고 갈 수 있는 날이 언제나 올 것인가? 내 생전에 금강산 관광을 다시 갈 기회가 있다면 일출봉과 월출봉을 기꺼이 오르리라 생각하기도 했다. 차는 온정각을 거쳐서 저무는 북녘 땅을 뒤로하고 남쪽으로 남쪽으로 달리고 있었다.

(2004.11)

어머니의 손맛

설날 아침 차례를 지내고 나니 온몸이 나른하고 욱신거리며 꼼짝도 하기 싫었다. 해마다 명절 준비를 같이 하던 큰며느리가 손자를 출산하여 병원에 입원 중이었다. 일주일 전부터 차례 준비를 하느라고 혼자서 동분서주하였더니, 아무래도 몸살이 난 모양이다. 반쯤 감긴 눈을 억지로 부릅뜨며 쌓인 설거지를 막내며느리와 같이 하고 있는데 남편이 옆에 와서 "어이!" 하고 부른다. 나는 볼멘소리로 "왜요?" 하고 대답했다.

"전서방, 어젯밤에 술을 많이 마셔서 속이 쓰릴 건데 집에 와서 아침식사나 하라고 하지." 하며 밖으로 나갔다. 장인과 사위는 밤이 깊도록 정담을 나누며 주거니 받거니 술잔이 오고갔다. 남편은 우럭과 광어를 사가지고 와서 매운탕을 끓이라고 하였다. 평상시 같으면 남편의 부탁에 순순히 응했겠지만 몸이 힘든 난 아무것도 하기 싫었다. 떡국을 먹은 지 한 시간도 못 되었는데 나에 대한 배려는 조금도 하지 않는 남편이 더할 나위 없이 섭섭했다.

"나는 지금 머리가 어지럽고 쓰러질 것 같아 더 이상은 못하겠으니 미안하지만 당신이 끓이면 안 돼요?" 하고 멀뚱히 쳐다보았다. 평소와는 다른 뜻밖의 내 행동에 남편은 놀란 듯이 시어머니를 바라보면서 말했다.

"어머니! 어머니가 끓여 주셔요. 나는 우리 어머니가 해준 음식이 훨씬 더 맛있더라." 한다. 장난기 섞인 말이지만 그 말을 듣는 순간 은근히 부아가 치밀었었다. 지금까지 지극정성으로 공경하고 살아온 내 자신이 조금 서글프다는 생각마저 들었으나, 남편이 하는 말의 속뜻이 짐작되어 아무 말도 못 하고 말았다.

남편의 말대로 우리 시어머니의 손맛은 유별나다. 어떤 음식을 해도 맛이 있었다. 그 중에서도 메기 매운탕의 맛은 일품이었다. 메기는 추운 겨울철에 그 맛이 제일 좋다. 싱싱한 물 메기와 적당히 익은 배추김치를 송송 썰어 넣고 끓인 그 맛은 매콤하면서도 시원해 지금도 그 맛을 잊지 못하고 있다. 나도 시어머니의 손맛을 익히기 위해 여러 번 실습을 해 보았지만 그 맛을 따를 수가 없었다.

옆에서 이 상황을 지켜보고 계시던 시어머니는 아들의 말이 끝나기도 전에 흐뭇한 표정으로 도마 앞으로 다가앉으며 생선을 다듬으려고 칼을 집어 들었다. 나는 심신이 몹시 고달팠지만 그냥 보고 있을 수 없어 시어머니 손에 들려진 칼을 다시 받아 들었다. 내 손은 생선을 다듬고 있지만 흘러간 세월 속에 앙금으로 남아 있던 지난 일들이 꼬리를 물고 뇌리를 스쳐갔다.

남편의 식성은 나와는 반대여서 입맛을 맞추기가 여간 어렵지 않았다. 결혼 초에는 쫄깃쫄깃하고 아삭아삭하면서도 매콤하고 짠 음식을 선호해서 많은 신경을 써야했다. 특히 두부나 감자 호박 같은 연한 음식은 아예 입에도 대지 않았다. 어쩌다 밥이 질게 될 때에는 틀림없이 불화의 원인이 되기도 했었다. 사람은 누구나 타고난 체질도 있겠지만 어린 시절에 어머니의 정성어린 손맛이 기본체력이 되어 평생 동안 건강이 유지된다고 생각한다. 그 사람이 먹는 음식이 건강은 물론 성격이나 지능까지도 형성한다고 들었다. 그러므로 어머니의 손맛은 온 가족의 행복과 불행이 달려 있다 해도 과언이 아니다. 맵고 짠 음식을 선호한 남편은 성격이 급하고 열이 많은 편이다. 그런 음식을 좋아하지 않는 나는 성격이 느긋하고 몸이 차다. 우리는 성격도, 먹는 음식도 반대여서 젊은 시절 입맛을 맞추기가 매우 힘들었다. 남편의 식성도 시어머니의 손맛에서 길들여진 습관이요, 버릇이었다. 그것을 깨달은 후부터 사랑과 연민으로 승화시킬 수밖에 없었다.

나는 아들 셋을 키우면서 절대로 남편처럼 까다로운 입맛이 되지 않도록 마음속으로 다짐하였다. 음식을 되도록 고루 먹는 습관을 길러주기 위해 여러 가지로 노력했다.

흐르는 세월은 남편의 까다로운 식성도 어느 정도는 변하게 했다. 그에 따라 생각도 많이 바뀌었다. 남편은 가끔 손수 매운탕을 끓일 때가 있다. 젊어서 그토록 싫어하던 두부나 호박을 지금은 스스로 넣어서 맛있는 매운탕을 끓여서 식구들을 즐겁게 만들기도 한다. 유행가 가사에 '쨍 하고 해 뜰 날 있다' 더니 술기운이 거나해지면 "어이 배여사! 그 동안 까다로운 내 입맛 맞추고 사느라 고생 많이 했지." 하면서 내 두 손을 꼭 붙잡고 고맙다고 거듭 말하지만 술이 깨면 언제 내가 그런 말을 했느냐는 듯이 말을 아낀다.

시집간 딸이 오가피 술이 몸에 좋다하여 오래 전에 담가 두었던 모양이다. 장인이 전화로 부르자 사위는 술병을 통째로 들고 왔다. 어젯밤과 마찬가지로 해장술로 속을 풀어야 한다며 술잔이 오고갔다. 내가 끓인 매운탕을 식구들이 둘러앉아 맛있게 먹었다. 큰 냄비가 금방 바닥이 났다.

막내며느리가 무슨 생각이 났는지 밥상머리에서 다정하게 나를 불렀다. "어머니! 며칠 전 일인데요. 순이 아빠가 퇴근해서 저녁을 먹으며 갑자기 하는 말이 일산 엄마가 끓여준 김치찌개가 먹고 싶다고 했어요. 그 다음날 어머니 방식대로 김치찌개를 정성들여 끓여서 상에 올렸거든요. 기대에 찬 표정으로 맛을 한번 보더니 대뜸 하는 말이 엄마가 해준 찌개 맛이 아니잖아, 하면서 실망하는 표정이 역력했어요. 어머니! 맛이 조금 없어도 아무 소리 말고 그냥 한번 먹어주면 얼마나 좋아요. 밥 먹고 있는 그 모습을 지켜보고 있는데 왜 그렇게 밉지요." 며느리는 내 앞에서 억울하다는 듯이 하소연을 하였다.

나는 며느리의 말을 듣고 정신이 번쩍 들었다. 동시에 남편에게 서운했던 감정이 물거품처럼 사라졌다. 남자들이란 어른이 되었어도 어린아이와 같아, 그 아버지에 그 아들이구나 하는 생각이 들었다. 결혼하여 아이 둘을 낳았으니 마누라 손맛에 어느 정도 길들여 있었을 것인데 꼬집어 말해서 며느리의 마음을 상하게 하였을까. 짧은 생각을 탓하기는 했지만 한편 아들이 더없이 사랑스럽게 느껴졌다.

사람의 마음은 누구나 이기적이고 양면성이 있는 것인가! 남편이 시어머니의 손맛을 그리워하는 것은 막내아들이 나의 손맛을 그리워하는 것과 무엇이 다르랴. 자식이 어머니의 손맛을 그리워하는 것은 당연한 이치다. 그것을 미처 깨닫지 못하고 시어머니와 막내며느리 앞에서 보여서는 안 될 부끄러운 모습을 보인 것이 못내 마음에 걸렸다. 남편이 하는 말은 얄밉고 화가 났지만, 아들이 하는 말은 나의 마음을 기쁘고 흐뭇하게 하였으니 이 얼마나 이기적인 생각인가.

내가 노력해서 시어머니의 손맛보다 낫다고 해도 남편에게 인정받기는 어려울 것이다. 어머니의 뱃속에서 입맛을 익혀 뼈와 살을 키웠는데 어찌 그 맛을 따를 수 있겠는가. 모든 것은 세월 속에 잊힐 수 있지만 어머니의 손맛은 고향과 같은 것이어서 평생 동안 잊히지 않는 것이다. 남편이 지금까지 큰 탈 없이 건강하게 지내는 것도 지난날 시어머니의 지극한 정성과 손맛의 덕택이라 생각하며 깊은 감사를 드린다.

설이 되면 모두들 고향을 찾아간다. 그렇게 고생스럽게 귀성하고서도 해마다 되풀이하는 것을 보면 거기에는 분명 이유가 있다. 그 중의 하나는 어머니의 손맛을 맛보기 위해서가 아닐까. 그런 의미에서 생각해 본다면 설이 되면 어머니들은 비록 몸은 고달프지만 귀성한 자식들에게 어머니의 손맛이 듬뿍 든 음식을 먹게 하는 좋은 기회가 되는 셈이다. 대대로 내려오는 그 손맛이 있기 때문에 우리의 설은 즐겁고 풍요로운 것이다.

(2004. 1. 26)

아들의 뒷모습

끝없이 펼쳐진 호수는 영하의 날씨로 빙판으로 바뀌었다. 남편과 같이 공원길을 부지런히 걷고 있는데 반대쪽에서 열 살 안팎의 사내아이가 인라인스케이트를 타고 쏜살같이 지나가고 있었다.

말없이 걷던 남편이, "아이들은 저렇게 키워야 하는데" 하고 한마디 하고는 긴 한숨을 내쉬었다. 나는 그 한숨 소리가 무엇을 의미하는지를 금방 알아차릴 수 있었다.

두 아들이 결혼하여 줄줄이 딸들만 낳자 남편은 대가 끊어지게 생겼다며 많은 걱정을 하였다. 큰아들이 딸 둘을 낳았으나 둘째가 죽고 십 년이 되도록 아이가 없었다. 남편은 선산을 돌봐줄 장손이 없으니 우리가 죽으면 화장을 시키라고 해야겠다느니, 세상사 이렇게 재미가 없어서 어디 살겠느냐느니 별별 넋두리를 다하였다. 인력으로 안 되는 줄 알면서도 마음이 조급한 나머지 틈날 때마다 큰아들을 앉혀놓고 언제 손자를 안겨 줄 것이냐고 정색해서 말하기도 하였다.

아들은 무어라 말 한마디 못하고 고개만 떨어뜨리고 앉아 있었다. 힘없이 돌아가는 뒷모습을 바라볼 때마다 마음이 너무 안타까워 남편에게 말했다. "본인의 마음은 얼마나 답답하겠어요. 아들 못지않은 영특한 손녀가 건강하게 잘 자라고 있는데 무슨 걱정이요. 남들은 딸 하나 두고도 잘만 사는데 당신의 성화로 둘 사이에 틈이라도 생기면 어찌할 거요. 남녀가 평등한 이 시대에 뒤떨어진 사고방식으로 사업에 바쁜 아이 힘들게 하지 말아요. 앞으로는 여자도 그 집안의 호주도 될 수 있고, 아버지 어머니의 성도 이름 앞에 당당하게 쓸 수 있는 시대에 살고 있어요." 위로는 못할망정 별 참견을 다하고 있다면서 앞으로는 아들보다 딸이 더 나을 거라고 힘주어 말하기도 하였다. 말은 그렇게 하지만 내 마음도 남편과 비슷했다. 우리 부부는 급변하는 세계화 물결 속에 살아가고 있지만 머릿속에 깊이 뿌리내리고 있는 남아선호사상을 버리기는 어려운 모양이다.

남편이 그토록 손자를 원하는 것은 나름대로 또 다른 이유가 있었다. 독자로 자라면서 남모르는 아픔을 느끼며 살았는데 지금은 아들 셋이 올곧게 성장하여 마음으로 많은 의지가 되었다 한다. 손녀의 먼 훗날을 생각할 때 험한 세상을 홀로 헤쳐 나가야 할 일이 걱정되었고, 큰아들이 노년에 의지하고 보살펴 줄 아들 한 명 없는 것은 부모로서 마음이 놓이질 않기 때문이라 했다.

남편의 말을 듣고 보니 그 깊은 속도 모르고 생각 없이 말했던 자신이 미안했다. 내가 노력해서 아들이 원하는 바를 얻을 수만 있다면 무슨 짓이라도 하고 싶었다. 참담한 심정으로 허공을 향해 돌아가신 시아버님을 불러 보기도 하였다. "아버님 제 말이 들리십니까. 생전에 그토록 아끼고 사랑해 주시던 아버님의 손자가 자식을 간절히 원하고 있습니다. 제 말이 들리시거든 제발 도와주십시오." 하며 빌기도 하였다. 그럴 때면 "얘야! 걱정 말고 기다려라." 하는 시아버님의 음성이 바람결에 들려오는 듯하였다.

큰아들은 목재를 수입해서 판매하는 사업을 하고 있다. 브라질, 칠레, 핀란드 여러 나라에서 수입을 하는데 그때마다 계약을 하려면 현장답사를 가곤 했다. 어려서부터 운동으로 다져진 건장한 몸이지만 먼 길을 떠나는 아들의 뒷모습이 왠지 외로워 보이고 측은했다. 아들을 꼭 닮은 건강한 손자 한 명 아들 곁에 있으면 얼마나 힘이 될까! 혼자 이런 저런 생각을 할 때면 나도 모르게 힘이 빠지곤 했었다.

간절한 나의 소망이 하늘에 닿았음인가 아니면 시아버님이 보살펴주심인가. 뜻밖에도 지난해 여름 큰며느리가 임신을 하였다는 기쁜 소식이 들려왔다. 더운 날씨에 입맛을 잃을까 봐 며느리가 잘 먹는 반찬이며 전복죽을 만들어서 가끔씩 보내기도 하였다. 날이 가고 달이 되어 드디어 이천 사년 일월 이십일 산부인과 분만실 대기실에는 우렁찬 사내아기의 울음소리가 울려 퍼졌다. 나와 안사돈은 그토록 고대하고 기다리던 건강한 손자와 첫 만남을 가졌다. 너무나 가슴 벅찬 감격의 순간, 나도 모르게 눈물이 흘러내리고 있었다. 나만의 기쁨이 아니고 온 집안의 경사였다. 남편은 드디어 내 소원을 풀었다며 흥분된 감정을 어찌할 줄 몰라 했다. 며느리 사랑은 시아버지라고 하더니 추운 날씨에도 산모에게 좋다는 음식으로 시장을 봐서 갖다 주기도 하고, 호두를 망치로 두들겨 까서 며느리에게 보내기도 하였다. 자기의 소원을 풀어준 며느리가 대견하고 사랑스러운 모양이었다.

남편이 손자를 보고 온 세상을 다 얻은 양 기뻐하는 모습을 보니 내가 첫아들을 낳았을 때 일이 생각났다. 시아버님은 독자인 아들이 첫손자를 낳자 너무나 기쁜 나머지 온 동네 사람들에게 축하주를 내기도 하고 새벽마다 시어머님의 단잠을 깨우셔서 식전 간식을 나에게 주도록 챙기셨다. 시어머니는 끼니마다 시아버님 진지보다 내 밥그릇에 밥을 먼저 담아 주시고 저녁이면 고구마를 삶아서 바구니째 들여놓기도 하였다. 무엇이든지 많이 먹고, 튼튼한 손자로 키우라는 시어머니의 간절한 소망인 것이다. 많은 세월이 흘러갔지만 그때 일을 생각하면 내 생애에 가장 행복하고 즐거웠던 때였던 것 같다.

그늘졌던 아들의 얼굴에 싱글벙글 웃음이 피어나고 있었다. 움츠려들었던 아들의 어깨에도 힘이 실려 있었다. 밖에서 들어오면 반드시 목욕을 한다. 이제 겨우 이십 일 된 아기의 얼굴에 자신의 얼굴을 대보기도 하고 손을 만졌다, 발을 만졌다 어쩔 줄 몰라 하는 아들의 모습을 볼 때마다 가슴이 뭉클하다. 저렇게 좋은 걸 십 년 세월동안 얼마나 기다렸을까! 유난히 아이들을 좋아했던 아들이 남모르게 겪었을 아픔을 생각하니 측은함이 밀려온다. 나는 아들을 바라보며 물었다. "그렇게 좋으니?" 아들은 대답 대신 빙긋이 웃는다. "세상 부모들은 모두 다 너와 같은 마음으로 자식을 키운단다. 그토록 원하던 아들을 얻었으니 부지런히 노력해서 훌륭한 인재로 키워보아라." 당부하기도 하였다.

아담한 체격에 두툼한 목덜미, 남편을 닮은 걸음걸이까지, 내 마음속에서 연민으로 남아 있던 아들의 뒷모습도 이제는 사라졌다. 공원길을 인라인스케이트로 신나게 달리는 개구쟁이 사내아이들도 더는 부러워하지 않을 것이다. 수려한 얼굴에 총명한 눈동자 아들의 뒷모습까지 꼭 닮은 손자를 바라보며 먼 훗날을 생각한다. 우선 아들 며느리의 노년이 외롭지 않을 것임에 감사한다. 또한 화목한 환경 속에서 자신이 지향하는 꿈을 향해 정진해 갈 사랑스런 손자의 앞날을 상상하니 세상 부러울 것이 무엇인가.

(2004. 2. 10)

신정호

고백告白

난 모태신앙母胎信仰으로 어릴 적부터 기독교 가정에서 자라났다. 유년시절, 청년시절을 지내오는 동안 별다른 저항 없이 종교적 규범이 내 의식을 차지했다. 그런 나로선 꽤 충격적인 고백을 하려고 한다.

1998년 봄, 아들애가 그 해 대입에 실패하여 재수를 하게 되었고 때마침 시작된 IMF는 남편의 사업을 어렵게 만들었다. 별 탈 없이 잘 살아왔던 나로선 그 무렵이 내 인생에서 가장 답답하고 절망적인 시기라고 느껴져 어디에선가 한 가닥 희망의 줄기를 찾으려고 안간힘을 썼다.

그러던 차에 우연히 친지로부터 과거도 미래도 정말 잘 알아맞힌다는 철학관 이야기를 듣고 순간 마음이 동했다. 난 나이 오십이 다 되도록 종교적 영향도 있지만 역학易學이니 운명 철학관이니 하는 것은 관심 밖의 세계였었다. 며칠을 고민하다가 가까운 후배와 상의를 했더니 그 후배는 심각하게 생각하지 말고 재미삼아 한번 가보자고 했다.

집에서 꽤 먼 곳에 위치한 그곳까지 운전을 하며 가는 동안 이런 경험이 처음인 나로선 가슴이 쿵쾅거렸고, 그냥 돌아갈까 하는 갈등에 싸이기도 하면서 결국 그 집이 있는 아파트 단지로 들어섰다. 동 호수를 확인하여 아파트 현관문을 열고 들어서니 눈앞에 신발들이 어지럽게 얼크러져 있었고 거실엔 많은 사람들로 가득 차 있었다. 후배와 난 한쪽 구석에 자리잡고 앉아 차례를 기다리며 주위의 얘기소리에 귀를 기울였다. 어떤 아주머니는 이분이 너무 용해서 무슨 일을 시작하려거나 뭔가 막히면 수시로 찾아와서 해결책을 듣고 간다고 했고, 허술한 차림의 아저씨는 하는 일마다 실패해서 본인에게 맞는 일이 무얼까 궁금하여 왔노라고 했다.

약 1시간 가량 지난 후 내 차례가 되어 안내된 방으로 들어갔다. 방 아랫목엔 작은 탁자가 있고 그 위엔 낡은 책들이 쌓여 있었다. 탁자를 끼고 이웃집 아저씨처럼 평범한 중년 신사가 안경 너머로 날 바라보았다. 난 온 몸이 떨림을 느끼며 잔뜩 긴장한 채 그 앞에 앉아서 남편과 아들의 현재 상황을 얘기하고 생년월일을 알려 주었다. 그분은 깨끗한 백지 위에 알 수 없는 한문을 휘갈겨 쓰면서 설명하길, 남편은 사주가 좋아서 IMF로 인해 다른 사람은 고생을 할지언정 남편은 잘 넘길 거라고, 그리고 평생 먹고 살 걱정은 없을 거라고 했다. 물론 그럴 수 있는 건 내가 받쳐 주기 때문이라는 것도 덧붙였다. 아들의 운세는 내년엔 제일 좋은 대학 원하는 학과에 문제없이 합격할 거라고 걱정 말라며 대신 부적을 준비해 둘 터이니 내일 와서 찾아가라고 했다.

짧은 시간, 기분 좋은 얘길 듣고 상기된 채 집으로 돌아왔다. 마음이 편해지면서 가길 잘 했다고 안도의 숨을 내쉬기까지 했다. 그분의 말씀대로라면 우리의 미래는 아무 걱정이 없이 모든 게 잘 될 테니까…….

다음날 아침 일찍 약속대로 부적을 가지러 가는 동안은 어제와 같은 갈등은 씻은 듯 사라졌고 뭔가 알 수 없는 힘에 이끌리듯 그곳을 다시 찾았다. 그리고 생전 처음 보는 부적을 두 장 받아서 집에 돌아왔다. 그 부적의 처리는 나를 다시 한번 긴장하게 만들었다. 우리 집엔 당시 10년이 넘게 집안일을 봐주던 아주머니가 계셨는데 성경 말씀을 철저하게 실천하는 교회 권사님이었다. 그런 아줌마 몰래 부적을 처리해야 했기에, 일을 마치고 퇴근하는 시간을 지루하게 기다렸다. 마침내 집에 나 혼자만 남자 그분의 얘기대로 한 장은 아들의 책상 위에서 접시를 받치고 불에 태워 남겨진 재를 화분 흙 속에 넣어 아들 방 입구에 놓아두었고 다른 한 장은 아들의 베갯잇 속에 표시 안 나게 집어넣었다. 난 바쁘게 누가 올세라, 누가 볼세라 손을 놀려 그 일을 실수 없이 마쳤다. 그리고 그 후 몇 개월은 아줌마가 아들의 베갯잇을 갈기 전에 내가 미리 갈아 끼우며 신경을 썼다.

그러던 어느 날, 외출에서 돌아오니 아들의 베갯잇이 새로 갈아 끼워져 있는 게 아닌가. 난 깜짝 놀라서 아줌마가 퇴근하길 기다렸다가 베갯잇을 빼고 속을 확인해 봤더니 아뿔싸, 부적이 없어져 버렸다. 베개를 들어 털어보고 사방을 만져보고……. 그때의 허탈함이란 말로 표현할 수 없었다. 그렇다고 권사님인 아줌마에게 부적을 어떻게 했느냐고 확인할 수도 없었고.

순간 난 피식 웃음이 나오며 내 삶의 방식은 이게 아니었다 싶은 생각이 마음에 와 꽂혔다. 그날 이후 아들 방 앞에 놓아두었던 화분마저도 멀찍이 자리를 옮겨 버렸다.

여하튼, 그럭저럭 시간은 흘러 남편의 사업은 남들과 똑같이 어려움에 빠져들어 2,3년 고생을 해야 했고, 아들은 그 이듬해도 원하는 데에 입학하지 못하고 결국 3년이 지나서야 어디든 갈 수 있는 성적이 되어 원하는 대학, 원하는 학과에 들어갔다.

돌아보면 인생의 묘미는 부딪히는 운명을 개척하는데 있을진대, 정해진 미래의 틀에 나를 맞추려 애썼던 어리석음이 뒤늦게

야 부끄러웠다.

The future' s not ours to see,

Que sera sera,

Whatever will be, will be.

미래는 우리가 볼 수 없는 것

될 대로 되라, 되라.

무엇이 되든지 간에.

문득 이전에 자주 흥얼거리던 팝송의 한 구절이 떠오른다. 이 나이가 되어서도 어떻게 운명을 개척하며 살아가야 할지 주저하고 있는 내 모습이 부끄러웠다. 인간이란 절망에 빠지면 지푸라기라도 잡고 싶은 심정으로 결국 후회하고 말 부질없는 짓을 하나 보다. 내 인생의 여정이 아직도 얼마만큼 남아 있는지 모르지만 삶의 멋진 완성을 위해선 나의 이 맑은 이성으로 판단하고, 당당하게 살아야겠다고 다짐해 본다.

(2003. 5)

내 남편은요

"내 마누라는요, 나보다 키도 크고, 손도, 발도 크고, 마음도 크답니다." 이렇게 남편은 어느 모임에서 저를 소개했습니다.

그렇습니다. 내 남편은요, 키가 나보다 작습니다. 손도, 발도, 얼굴도 모두 나보다 작아서 옷이나 신발을 살 때면 남편 것은 Medium size라면 내 것은 Large size를 산답니다.

결혼 전, 나는 여자로선 큰 체구였기에 신랑감으로 나보다 더 크고 늠름한 남자를 상상하곤 했습니다. 그런데 지금의 내 손위 동서가 중매를 해서 남편을 처음 만나게 되었는데 크다는 느낌은 안 들었지만 그리 작아 보이지도 않았고, 제법 잘생겨 보이기까지 했답니다. 바로 콩깍지가 씌운 거지요. 요즘 제 남편을 누군가 보고 내 말을 기억한다면 뒤돌아서서 웃을 겁니다. 어쨌거나 결혼식 날, 내가 웨딩드레스 입고 고무신을 신었다면 알만 하시겠죠.

그렇게 시작된 남편과의 결혼생활은 올해로 28년째인데 어찌 그리 흉볼 게 많은지 몰라요. 내 남편은요, 양복을 바꿔 입거나 매일 아침 와이셔츠를 갈아입을 때 어쩌다가 넥타이를 한번 골라주면 몇 날 며칠이고 아무리 양복 색깔이나 와이셔츠 색깔이 달라져도 그 넥타이만 맨답니다. 내가 제발 옷에 맞추어 넥타이 좀 바꿔 매라고 성화를 해도 어떠냐며 그냥 출근해 버린답니다. 본인이 그런 것에 너무도 신경을 안 쓰는 것 같아 일부러 언제까지 가나 두고 보아도, 결국 제가 보다 못해 다른 걸로 바꾸어 주고 말죠.

건설회사에 다니는 남편은 건설 현장을 매일 둘러보는데 겨울엔 현장에서 피우는 난로 주변에 뒤돌아 서 있다가 한 철이면 두어 벌 씩 코트자락이며 바지 태우는 일이 다반사랍니다. 나는 그럴 때면 쫑알대죠. "원, 저리 타 들어가면 뜨거운 걸 느낄 텐데 감각도 어찌 그리 둔할까……."

언젠가 한번은, 둘이서 외출했다가 들어오는데 제가 운전을 하고 남편은 옆자리에 앉아 졸고 있었습니다. 평소 사무실에서 클립을 보면 그걸 가지고 손장난을 하며 모양을 바꾸기도 하고 손가락에 끼우기도 하는 걸 즐겼는데, 그날도 방문했던 설계사무소에서 책상 위에 굴러다니는 반쪽짜리 클립을 발견하고 집어들어 손에 끼고 있다가 입에 물었던 모양입니다. 한참 달리고 있는데, 잠들었던 옆자리 남편이 갑자기 컥컥거리며 기침을 하는 것이었습니다. 내가 놀라서 "왜 그래요?" 했더니 목을 잡고 토할 듯이 "클립을 삼켰나 봐." 하는 것이었습니다. 순간 난 웃음이 나오는 걸 참고 병원 응급실로 급히 달렸습니다. X-ray 촬영을 해 보니 벌써 클립은 식도를 지나 위 한가운데 들어 있었습니다. 결국 퇴근했던 의사선생님이 달려오셔서 위 내시경을 통해 클립을 꺼내 주셨습니다. 의사선생님도 "클립이 V자 모양이네요."라고 말씀하시며, 웃음을 참지 못했습니다. 어린애들이 핀이나 단추를 삼키고 오는 걸 보긴 했지만 연세 드신 분이 이런 걸 삼키고 오신 건 처음 본다면서.

내 남편은요, 운전 매너는 빵점이랍니다. 가끔 차를 같이 타면 제일 많이 싸우는 요인이 되지요. 신호등 앞 정지선에 차를 안 세우고 신호가 녹색이 되기 전부터 찔끔찔끔 앞으로 나간달지, 아침 출근시간이면 차선이 제일 짧은 쪽으로 갈 지之자를 그리며 운전한다든지, 차선 끼어들기도 얌체처럼 잘 한답니다. 가야할 방향의 차선이 밀리면 그 옆 한가한 차선으로 신나게 달리다가 천연덕스럽게 손을 내밀고 양보를 받아 얄밉게 끼어 든 적도 있답니다. 제가 정색을 하고 화를 냈더니 "정말 급해서 그랬어." 하면서 얼버무린답니다. 애들이 절대로 배우면 안 될 텐데 말이지요.

내 남편 흉이 이리 많은지 몰랐습니다. 해도 해도 끝나지 않는 걸 보면…….

아무튼, 식사 후 이쑤시개 물고 거리 활보하기, 아침이면 챙겨주는 서류며 핸드폰 그냥 놓고 가기, 펜 뚜껑 닫지 않은 채 와이셔츠 주머니에 꼽아서 잉크가 모두 새어 셔츠고 런닝셔츠까지 잉크로 물들이기, (옷을 갈아입는데 가슴이 온통 시커메서 어찌나 깜짝 놀랐는지요.) 등 거슬리는 게 참 많습니다.

그러나 어쩌겠어요, 내 남편인 것을요. 하고 싶은 것 다 하고, 가고 싶은 곳 다 가고, 내 마음대로 잔소리를 해도 다 이해해 주는 남편인 것을.

가끔씩 시골길을 달리다가 길모퉁이에 자리 깔고 앉은 꼬부랑 할머니로부터 고추며, 호박을 몽땅 사들고 들어오는 남편인 것을.

지방에 출장 갔다 돌아올 때는, 당신이 좋아하는 거 사왔다며 식어 빠진 호두과자, 군밤 봉지를 자랑스레 내미는 남편인 것을.

항상 "당신만을 사랑한다." 하는 남편인 것을.

늦은 밤 갑자기 인터폰이 울려서 받아보니 경비 아저씨가, 지하에 세워둔 차에 불이 그냥 켜진 채라고 알려주네요. 이런 일을 다반사로 하니 정말 못 말리는 내 남편이지요. 이렇게 실수를 연발하는 남편이지만 이제 내겐 산소 같은 남자랍니다.

(2003. 11)

세월이 가면

큰 길로 나오자마자 저만치 정류장에 멈춰 선 버스가 눈에 들어 왔다. 급한 마음에 버스를 향해 달려가는데 갑자기 오른쪽 무릎에서 '딱' 소리가 나면서 다리가 푹 꺾였다. 그건 순간이었고, 멀리 떠나버린 버스를 아쉬워하기보다는 아픈 다리에 대한 염려가 두려움이 되어 다리를 절룩거리며 급히 택시를 잡아타고 정형외과를 찾았다. 의사 선생님은 커다란 주사기로 무릎에서 핏물이 섞인 물을 빼내며 깁스를 하자고 했다. 당분간 걸으면 안 된다고 하면서…….

관절염은 그렇게 불시에 날 찾아왔다. 버스에서 빈 노약자석을 보면 왠지 미안한 기분으로 앉던 내가, 언제까지나 허리 꼿꼿이 세우고 높은 구두 신고 깡충거리며 다니면서 '늙어 가는 것'은 꿈에도 생각지 않았던 내가, 내 인생의 발걸음이 어느새 노인구역에 들어서고 있음을 감지하지 못했던 것이다.

내 주변의 한 지인은 고희를 맞아 출판한 산문집에서 나이가 들었다는 증거로 눈물이 많아지더라고 했다. 그러고 보니 요즘따라 눈물도 많아졌다. 코스모스 활짝 핀 넓은 벌판만 바라보아도 눈물이 맺혔고, 높고 파란 하늘에 둥실 뜬 흰 구름자락에도 코끝이 찡해 오는 것도 그렇고…… 게다가 노인병 1위인 관절염이 찾아와 걷기조차 불편한 현실은 영락없이 힘없고 소외된 노인네가 돼 버린 것 같아 가슴이 답답해지면서 내 주변을 돌아보게 되었다. 앞으로 해야 할 일이 많은데…….

딸애와 아들의 짝 찾는 게 가장 시급한 문제인 것 같다. 딸애는 어릴 적부터 나와 남편에게 참 많은 기쁨을 주었다. 엉덩이가 통통하고 볼이 발그레한 얼굴로 항상 방실방실 웃으며 건강하게 잘 자랐고, 대학을 졸업하고 원하는 진로를 위해 또 다른 대학원에 진학할 때까지 단 한번의 실패도 없이 자신의 길을 열심히 걷고 있는 내 딸. 그러나 요즘은 뚱뚱하고 예쁘지 않게 키웠다고 투덜대는 걸 보면 시집은 가고 싶은 모양인데……. 사윗감은 믿음직스럽고 성실하고 능력도 있어, 딸애의 전공을 살린 작업이며 전시회, 그리고 정신지체아를 위한 봉사도 이해하고 뒷받침해주는 그런 사람이면 좋겠다. 딸애는 착하고 현명해서 시부모님 잘 섬기는 며느리, 남편에게 사랑 받는 아내가 될 것으로 생각한다. 평소의 딸애는 내게 좋은 친구도 되었고, 때로는 따끔한 조언자도 되어주었으니까.

개구쟁이였던 아들은 가끔씩 내 가슴을 덜컥 내려앉게 했었다. 중 2때 친구 집에서 야한 비디오를 보다가 혼이 나질 않나, 고교시절엔 학원 수업 빼먹어가면서 머리에 무스 바르고 여자애랑 놀러 다니질 않나……. 그래도 외할머니에겐 끔찍이 소중한 손자였고, 아들도 외할머니를 무척 좋아한다. 지금도 외할머니께서 전화로 “우리 강아지 잘 있냐?” 하고 물으시면 “멍멍” 하고 애교 섞인 대답을 해서 우리를 웃긴다. 가끔 할머니를 찾아가 뵙고는 번쩍 안고 뱅글뱅글 돌기까지 한다. 할머니는 어지럽다고 야단을 치면서도 한편 웃으며 좋아하신다. 아들은 아직 대학을 졸업하지는 않았지만 미래의 계획은 확고한 듯이 보인다. 어떤 일을 하든지 열심히 노력하여 그 분야에서 인정받았으면 좋겠고, 아울러 살면서 주변의 어려운 이웃들에게도 항상 베풀고 봉사하는 삶을 살았으면 좋겠다. 당연히 며느릿감은 그런 아들을 이해하고 따르며 지혜로운 여자애라면 더욱 좋겠다. 그런데 아들은 날씬하고 예쁜 여자애만을 마음에 두고 있으니. (속 없는 놈!)

지난 추석 온 가족이 제주도로 여행을 갔다. 커다란 분화구를 구경하기 위해 일행들이 모두 산등성이를 올랐을 때, 오르지 못하고 밑에서 기다리던 나를 위해 남편은 애들이랑 합심해서 보랏빛, 분홍, 노랑, 하얀색 들꽃으로 꽃다발을 만들어서 내게 안겨주었다. 살면서 항상 예쁠 때만 있었던 건 아니지만 이렇게 나를 흐뭇하게 할 때도 있다.

문득 내가 먼저 죽는다면 남편은 어떻게 살아갈까 하는 생각이 들었다. 회사 일 외엔 아무것도 스스로 챙기지 못하는 남자. 어쨌건 홀로 남더라도 누군가 챙겨주고 기댈 수 있는 사람이 필요할 테니까 재혼은 해야겠지. 내가 챙겨주지 않으면 넥타이조차 제대로 골라 매지 못하는 남자, 내의가 어디 있는지조차 모르는 남자. 내 죽은 후, 그래, 재혼을 하라고 유언을 남기자. 내가 아니라도 행복할까?

난 어느새 눈물 콧물 범벅이 되어 내가 없을 세상을 염려하고 있었던 것이다. 한국의 여자 평균 수명이 일흔 몇이라고 하던데 마치 내일 당장 무슨 일이라도 일어날 것처럼 수선을 떨고 있는 것이 아닌가. 예쁘고 듬직한 며느리, 사위 맞아들이고 귀여운 손자 손녀랑 알콩달콩 살 날이 얼마나 많은데……. 순간 이렇게 생각이 바뀌면서 제 정신으로 돌아왔다.

요즘 건배하는 말로 '구구팔팔'이라는 말을 많이 쓴단다. 얼마 전 친구들과의 모임에서 구구팔팔을 힘차게 외친 적이 있다. "구십구 세까지 팔팔하게 살자."는 뜻이래나.

문득 원피스 자락 펄럭이며 나비를 쫓던 어린 소녀 시절이 눈앞에 떠오른다. 이젠 모두 흰머리 주름투성이 얼굴이 되어 상머리에 둘러앉아 '구구팔팔'을 외쳐대며 까르르 웃고 있는 할머니 세대가 되었지만 현실을 어찌 거부할 수 있겠는가. 그래, 할머니가 되었다고 해서 기죽고 살 필요는 없다. 그야말로 '구구팔팔' 하자.

아직도 마음만은 소녀와 같다. 무언가를 향한 열정으로 가득 차 있으니까. 영원한 소녀로 살 수 있다면 그것이 내 꿈 아닌가.

(2004. 10)

이차순

늦깎이 여학생

가는 길은 달라도

바람산 기슭에서

늦깎이 여학생

남향 창문을 통해 아침햇살이 기분 좋게 들어온다. 집안 청소를 마친 나는 마음에 닿는 대로 책 한 권을 뽑아 들었다. 『선생님, 우리 선생님』, 제목을 보자 문득 김 교수님의 잔잔한 미소가 떠오른다. 정년퇴임을 하면서 출간한 에세이집이다. 이 수필집은 교수님의 은사들에 대한 기억을 담은 것이다. 이름도 모르는 초등학교 때의 여선생님에서부터 대학을 졸업할 때까지 기억에 남는 교수님의 선생님들에 대해서 쓴 글이다. 평이한 문체로 진솔한 심정이 그대로 나타나 있어서 읽는이로 하여금 잔잔한 감동을 느끼게 한다. 책이 출판되면서 바로 내게 온 이 책을 나는 인쇄냄새도 채 가시기 전에 모두 읽어버렸다. 그런데도 틈만 나면 나는 다시 이 책을 펴들고 읽어본다. 그 때마다 새로운 감회에 젖곤 한다.

학교를 다닌 사람은 누구나 은사가 있기 마련이지만 한 제자의 기억 속에 이처럼 생생히 남기는 것은 어쨌든 그분들 모두 행복한 분들이라고 할 수 있다. 필자는 초등학교, 중학교, 고등학교를 거쳐 대학을 졸업할 때까지 가르침을 받았던 여러 은사님에 대하여 그의 개인적인 기억을 통하여 재미있게 기술하고 있다. 고등학교 이후의 선생님들은 대부분 우리가 이미 익히 알고 있는 문인이거나 유명한 학자들이다. 그 중에 교수님이 결혼할 때 주례를 맡아 주셨던 이희승 교수님, 얼마 전에 돌아가신 김상옥 · 김춘수 시인, 또 여류 시인으로 유명한 김남조 시인들의 이름이 눈에 띈다. 이런 분들 밑에서 해타咳唾를 받은 분이라면 필시 어린 시절부터 문학에 대하여 동기 부여가 충분히 되었을지 모른다. 그래서 교수님은 훌륭한 국문학자가 되었을까?

책의 표지 뒷면에는 필자의 소탈한 모습과 잔글씨로 빼곡하게 적힌 약력, 내가 알지 못했던 여러 권의 저서명도 알게 되었다. 그 동안 평생교육원의 수필반에서 교수님의 지도를 받았다는 것이 새삼스럽게 큰 영광이라는 생각이 들었다. 교수님은 화려한 경력을 갖고 있음에도 불구하고 우리들에게는 늘 겸손하면서도 서민적이었다. 우리들이 스스럼없이 편안하게 대할 수 있었던 것도 그 때문이었다. 뒤늦게 배움의 길을 찾아 평생교육원에 등록한 늦깎이 여학생들(?)에게 언제나 자신감을 갖게 해 주면서 지금까지 생활에 묻혀 보지 못했던 삶의 새로운 지평을 열어 주셨다.

수필반 교실을 처음 들어온 분은 좀 얼떨떨한 기분이 들지 모른다. 교수님보다 연세가 높아 누님 같은 분이 있는가 하면 막내딸 또래의 젊은 주부도 있다. 연령이 다르면 아무래도 세계관도 달라 시세 말로 코드가 맞지 않은 말이 오가기도 하지만 교수님은 슬기롭게 교실 분위기를 이끌어 가신다. 가끔 기성 문인들의 수필을 읽을 때 어려운 말이 나오면 교수님은 자상하게 풀어서 설명해 주신다. 체계적으로 공부하지 못한 우리들에게는 더할 수 없는 평이한 설명이다. 가끔은 열심히 설명하고 있는 교수님을 보면서 혼자서 빙긋이 웃을 때가 있다. 이렇게 열심히 설명하고 있지만 설명의 요지를 제대로 파악하고 있을까 하는 생각을 속으로 할지 모른다는 생각이 들기 때문이다. 다른 한편으로는 지금 수필집 필자인 김상태 교수의 육성이 교실 안을 메우고 있는 역사적 현장이구나 하는 생각도 든다.

벌써 5년, 화요일 이 시간이면 가끔은 소란스럽고, 가끔은 진지하고, 가끔은 웃음바다가 된 교실에서 교수님과 시간을 보낸 지 5년, 우리도 모르는 사이에 그렇게 세월이 흘러가 버렸다. 교수님은 이화대학 국문과에서 오랫동안 재직하신 분이 아니라, 처음부터 우리들만을 가르치신 분 같은 생각이 든다. 학생들에게 알아보았더니 이대 국문학과에서도 인기 있는 교수였다고 한다. 이런 분을 우리들의 지도교수로 모시게 된 것은 비단 나뿐 아니라 수필반 전체의 영광이요 행운인지도 모른다.

잠시 나는 지난 몇 해를 돌아보았다. 그 중에서 뭐니뭐니해도 이화여대 평생교육원에 열심히 다니게 된 것을 가장 중요한 일로 꼽는다. 내가 이대 평생교육원에 와서 늦깎이 배움을 시작한 것도 따지고 보면 꽤나 오래 되었다. 그 해가 88년도였으니 벌써 16년을 훌쩍 넘기지 않았는가? 길다면 길고 짧다면 짧은 세월이다. 새 학기가 되면 낯선 젊은 수강생들을 복도에서 많이 만난다. 젊은 사람들이 많이 등록했구먼 하고 중얼거리다가 문득 그 사이 내가 많이 늙었다는 사실을 까맣게 잊고 있었던 사실을 깨닫는다. 처음 내가 이곳을 드나들 때만 해도 아직도 40대가 아니었던가? 그 동안 나도 많이 늙었다는 사실은 잊은 채, 그래도 꾸준히 다닐 수 있었던 것은 무엇보다 그것이 나의 가장 큰 즐거움이 되었기 때문이다. 건강이 허락하는 한 나는 계속 다닐 것이다. 나는 늘 늦깎이 학생들에게 배움의 문을 열어준 이화여대 평생교육원에 감사한다. 보다 좋은 교육과정을 위해서 끊임없이 노력 연구하고 있는 학교 당국이 고맙게 생각된다. 유능한 교수진만도 보아도 알 수 있지만 항상 시대에 앞서가는 새로운 교육 과정을 계발하고 있는 것을 보면 알 수 있다. 이화여대 평생교육원은 내부시설도 좋지만 언제나 쾌적한 수업 분위기를 만들어 주고 있어 등록한 학생들 모두가 만족하고 있다. 물론 교직원들의 친절한 서비스도 한몫 한다. 누구라도 이화여대 평생교육원에 한번 발을 들여놓으면 쉽게 떠날 수 없게 만들고 있다. 나 또한 이런 여러 가지 점으로 해서 이 배움의 터를 쉽게 떠날 수 없을 것이라는 생각이 든다.

특히 수필반 학우들의 돈독한 우애를 나는 자랑하고 싶다. 글을 쓴다는 것은 적지 않은 부담이지만 그 글을 발표하고 난 뒤에 학우들의 칭찬이나 교수님의 칭찬을 듣고 나면 말할 수 없이 기분이 좋다. 문득 학우들이 어렵게 써온 글을 수줍게 발표하던 모습이 눈에 선히 떠오른다. 긴 겨울방학의 초반이지만 벌써부터 나는 새 학기가 기다려진다. 새 학기엔 또 어떤 신입생이 우리 반에 들어올까? 무척 궁금하다. 그 동안 여러 과목을 이수해왔지만, 뒤늦게 수강한 '생활수필' 시간은 내게 더할 수 없는 생활의 활력을 만들어 주고 있다. 오랫동안 묻혀 있던 기억을 되찾게 해주고, 추억 속에서 행복한 웃음을 웃게 하는 시간이다. 수필 쓰기란 추억 속에 묻힌 지난 일을 찾는 작업이기도 하기 때문이다.

오늘의 배움을 더없이 감사하게 생각한다. 우리 또래들은 누구할 것 없이 어려웠던 학창시절을 겪었다. 그 때와 비교하면 지금의 우리 사회와 환경은 얼마나 좋아졌는가? 나는 그저 고맙게만 생각하고 있다. 최근 불경기로 나라살림이 다소 어려워지긴 했어도 배움은 언제나 새로운 지식과 활력을 주어 마음을 풍요롭게 해준다. 우리는 성적에 부담을 갖는 것도 아니고 편안한 마음으로 배움의 장을 찾게 해주어서 더없이 좋다. 수필은 내 생활에서 경험한 일을 글로 표현하는 것이라 삶을 돌아보며 꿈을 키우게 한다. 여기서 만나는 학우들 모두 같은 꿈을 갖고 찾아온 때문인지 다른 어떤 모임에서보다 서로의 마음이 잘 통하고 있다. 글을 통해 서로를 이해하게 되어서인지 만날수록 정이 간다.

긴 겨울 방학 동안 학우들은 무엇을 하면서 지낼까? 교수님 또한 무엇을 하면서 이 긴 겨울 방학을 보내고 계실까? 글을 쓰고 계실까? 서도에 푹 빠져 계실까? 아니면 그 좋아하는 테니스를 치고 계실까? 어서 시간이 가서 3월 새 학기가 되었으면 좋겠다. '생활수필' 시간의 즐거운 수업 분위기가 그립기 때문이다. 아 그렇다. 우리들은 방학 중에도 특별히 시간을 내어 만나기로 되어 있지 않은가? 이렇게 시간을 재촉하다니, 쯧쯧…… 그 사이 나이를 한 살 더 먹는 것도 잊고 시간을 재촉하다니…… 그만큼 내가 늙는 것도 잊고 말이지. 다른 학우들도 나와 같이 새 학기가 돌아오기를 기다리고 있을까?

(2004. 3)

가는 길은 달라도

신촌 로터리를 끼고 많은 차가 움직인다. 보도에는 인파가 붐비고 한편에선 시골 장터처럼 좌판을 벌인 아낙네의 모습도 보인다. 나는 이곳을 지나다 보면 지난봄의 기억을 떠올린다. 해가 바뀌고 구정이 지나자 아낙네 한 둘이 나와 잡곡과 말린 시래기 갖가지 부럼, 나물거리로 선을 보이고 있다. 날이 따뜻해지면서 아예 노점으로 자리를 잡았다. 잔설이 남아 있던 추운 날도 여린 쑥과 냉이를 들고 와 봄을 알리던 이들의 장은 한나절쯤 되어 열린다. 보도 한편에 크고 작은 보따리와 올망졸망한 자루가 놓이며 시작된다. 텃밭에서 가꾼 채소와 노지에서 뜯은 나물들이라 비닐하우스의 것보다는 맛과 영양이 다르다. 찾는

이는 주로 나이든 우리네가 단골이 된다. 가까운 곳에 큰 슈퍼와 대형 백화점이 있어도 그곳에 없는 텃밭 채소들이라 보면 사오게 되고 일부러 가기도 한다. 좀 일찍 봄나물을 보았을 때는 옛 친구라도 대한 듯 향수를 느끼게 했다. 아낙네들은 멀리 강화나 행주산성에서 온 때문에 정해진 자리가 없이 그냥 빈자리에 앉는다. 다행히 좋은 자리를 잡는 날이면 쉽게 팔고 떠나나 그렇지를 못한 경우에는 늦도록 남아 있기도 한다.

나는 여기서 좀 낳은 자리를 잡고 있는 한 여인을 알게 되었다. 여인은 육십 후반의 나이로 잠시도 쉬지 않고 풋콩을 까거나 채소를 다듬는다. 가끔 이곳을 지나다 보면 싱싱하고 손질이 된 야채에 눈이 간다. 뿐만 아니라 여인을 유심히 바라보게 된다. 그녀가 내 나이와 비슷한 때문에 그에 대한 동정과 민첩한 동작에 놀라서이다. 이젠 그녀도 나를 보면 반가워한다. 또 물건을 사라고 권한다. 그녀는 내가 손을 대지 않아도 좀 더 낳은 것으로 골라서 준다. 고마운 마음에 값을 깎지 않고 달라는 대로 쳐 준다. 나는 그녀에게 무언가 따뜻한 말로 위로해 주고 싶었다.

"아주머니, 여기서 종일 있자면 힘이 드시죠? 많이 파세요."

날이 갑자기 더워지자 모든 야채가 축 늘어져 있었다. 여인은 나에게 완두콩 자루를 가르치며 사라고 했다. 완두콩 외에 다른 야채도 사면서 다시 말을 건넸다.

"감사하며 사셔요. 우리 나이에는 건강한 것만도 크게 감사해야 되거든요."

"그럼요, 그렇구 말구유. 전 그래서유 이렇게 살아두 늘 감사하게 생각해요." 내게로 한발 다가와,

"사모님도 교회 나가시지요?" 한다. 그러나 나는,

"아니요, 나는 절에 다녀요. 불교신잡니다." 라고 말했다. 그녀는 금방 미안한 빛을 보이면서 어색한 표정이 되었다. 그녀에게 다시 말을 건넸다.

"어떤 사람은 나를 보고 권사님 같다는 이도 더러 있어요." 하며 나는 웃으며 말했다. 내가 그만큼 가깝게 느껴진다는 뜻으로 받아들이고 있는 것 같아 싫진 않았다. 나는 처음 만나는 사람에게 좀처럼 나의 신앙을 말하지 않는다. 가끔 기독교인 중에는 내가 불교 신자임을 알면서도 나를 전도라도 할 양으로 나올 때는 참 곤란했다. 그러나 이 여인은 그렇지 아니했다. 범사에 감사하라는 내 말에 같은 교우로 느낀 모양이다. 그러나 그 말은 부처님께서도 범사에 감사하며 늘 자비를 베풀라고 하신 가르침을 말한 것이다. 또한 내가 생활 속에 늘 감사함을 느끼다 보니 이제는 감사기도가 저절로 나오게 될 때가 많다. 아무리 힘이 들 때라도 열심히 기도하면 감사할 일이 오더라는 나의 믿음을 전한 것이다. 그러나 그분은 예수님을 믿고 있으니, "기도 열심히 하셔요." 했을 뿐인데, 그녀는 내게 퍽 고마워하고 있다.

내가 불도라고 하니 자기 시어머니 생각이 난 모양이다.

"전요. 시집이 원주였는데요, 우리 시어머님은 불심이 대단했어요." 새벽에 버선발로 절에 달려가실 정도로 불심이 돈독했다고 했다. 그녀는 그렇게 하는 시어머니를 보고 오히려 그게 너무 힘들어 교회로 나가게 되었다는 말이었다. 여인은 내가 묻지 않는데도 자기 심정을 솔직하게 털어놓았다.

그 순간, 나의 지난 일을 떠올리게 했다. 나는 시부모님을 뵙지는 못했다. 내 남편이 조실부모를 했기 때문이다. 살다 보니 어려움이 있을 때면 몹시 불안했다. 그렇다고 친정집을 찾기보다는 어딘가에 기도를 하고 싶던 어느 날, 남편에게 들은 이야기가 생각났다. 자기는 어릴 적에 살던 고향(김천)에서 어머님을 따라 절(직지사)에 다닌 적이 있다던 말이 기억났다. 그때 나는 내 마음을 부처님에게 의지하는 것이 좋겠다는 생각을 하게 되었다. 우선 집에서 가까운 절을 찾았다. 그 후로는 부처님의 가르침을 배우고자 여러 스님들의 법문을 들었다.

그 때 비로소 나는 범사에 감사함을 배우게 되었다. 나의 기도가 부족함에도 불구하고 원하던 일이 이루어질 때면 먼저 시어머님이 생각났다. 전에 어머님께서 기도해 주신 그 가피加被를 지금 받게 되었다는 마음에 어머님과 부처님께 더 큰 환희歡喜심을 갖게 했다. 한번도 뵙지 못한 시어머님의 종교를 택한 나와는 달리 시어머니와는 다른 종교를 선택했다는 그녀의 말을 들으면서 나는 얼른 내 며느리가 머리에 떠올랐다. 시어머니의 신앙생활에서 그녀를 힘들게 한 어떤 것이라도 있었느냐고.

그때 마침 마을버스가 내 앞에 서 주었다. 여인은 묵직한 콩 자루를 들어서 차에 올려주었다. 그녀라고 고달프지 않겠느냐마는 무더운 날씨에 혼잡한 보도에 앉아 종일 매연을 마시면서도 몇 푼 안 되는 돈을 위해 애쓰고 있는 것이 눈에 밟혔다. 그렇지만 그녀는 내내 밝은 웃음을 선사하고 있었고, 그 모습이 나의 뇌리에서 떠나지 않았다. 신앙의 가는 길은 달라도 선하고 밝게 살려는 그의 노력을 나는 믿는다. 내가 부처님의 가피를 입어 행복한 생활을 영위하듯이 그녀 또한 하나님의 보호를 받아 그녀의 건강을 늘 지켜주시고 범사에 감사함도 잊지 않게 해주시기를 마음속으로 빈다.

(2004. 6)

바람산 기슭에서

과일장수가 외친다. 딸기, 도마도, 꿀참외가 왔어요. 스피커의 울림이 점점 가까이 온다. 내가 사는 창천동은 일명 바람산이라고도 한다. 산山동네라서인지 떠돌이 장사가 많이 온다. 위치는 신촌 전철역에서 연세대학교 방향으로 나오면 오른편으로 오르는 언덕길이 바로 바람 산으로 이어진다. 초입에 대현 교회가 우뚝 서 있고 자동차 두 대가 겨우 다닐 수 있는 세갈래 길에서 좌측으로 S자 길을 계속 따라오다 보면 다시 기역자로 꺾이고, 좀 더 오르다 보면 성처럼 높은 화강암 건물이 좁은 골목길을 압도한다. 그 옆에 나지막한 빨간 벽돌집이 바로 우리 집이다. 낡은 철대문과 기둥에 걸린 문패가 이 집의 나이와 주인을 알린다. 〈바람산 4길〉이라 적힌 표지도 하나 붙어 있고, 한쪽 엔 제법 큰 느티나무 한 그루가 서 있다. 이곳은 서북을 향한 산 모롱이라 사철 바람이 센 편이나 정북으로 연세대학교 부속병원이 보이고 동쪽으론 이화여대의 넓은 교정이 한눈에 들어와 굳이 고궁을 찾지 않아도 사계절의 변화를 집에 앉아서도 보게 한다. 조금 앞으로 보면 신촌 기차역도 훤히 내려다 보여 가끔 지나가는 경의선 관광열차에 내 마음을 실려 멀리 보내기도 한다. 말 그대로 바람산이라 겨울이면 찬바람이 세긴 해도 봄여름은 서북과 동남이 탁 트여 시원한 바람으로 가슴속까지 시원하게 뚫어준다. 나는 가끔 이 집은 오래 되어 값을 제대로 쳐주지 않아도 전망 값은 아마 집보다 몇 배 나갈 거라며 농담도 한다.

회색 울타리엔 물오른 담쟁이가 속살을 드러냈다. 겨우내 낡은 어망처럼 너절하게만 보이던 담쟁이 넝쿨에서 맥박소리가 들리는 듯하다. 마치 오선지에 음표처럼 파란 싹이 줄을 타고 있는 듯이 보인다. 바람산에도 봄이 왔음을 알린다. 문득 담쟁이가 올해 몇 살일까? 나는 그 나이를 헤아려 본다.

이 집으로 이사를 오면서 우리는 기념식수를 했다. 정원이 없는 집이라 대문 밖에다 심었다. 그리고 지하 축대 밑에는 담쟁이 씨앗을 사다 뿌렸다. 그 후 까맣게 잊고 있었는데 두어 해를 지나고 나니 여린 담쟁이 순이 제법 모양을 갖추고 있었다. 습한 그늘에서 그들은 담벽을 잡고 안간힘을 쓰고 있었다. 후미진 곳이라

잘 살펴주지도 못했건만 몇 해를 지나는 동안에 담쟁이 가족은 기하급수적으로 늘어났다. 그들은 마른 벽에 물 스미듯 소리 없이 울타리를 타고 있었다. 마침내 볕이 잘 드는 담 위에까지 올라왔다. 잎사귀들은 너울너울 춤을 추고 있었다. 지난해부터는 옆집을 넘겨보더니 드디어 그 쪽으로 침범했다. 그 집은 워낙 높고 큰 집이라 사방에 방범 카메라를 설치했고 이웃과는 왕래가 없는 집이다. 그런 집으로 담쟁이는 식솔들을 이끌고 마구 침입을 한 것이다. 올해는 그쪽으로 더 뻗어갈 기세로 보여 나는 조심스러워진다. 나야 처음부터 회색 울타리에 푸른 담쟁이가 덮여질 날을 은근히 바라왔지만 담쟁이가 내 마음 알았는지 고자세로 있는 옆집을 향해 "여보세요 우리들 좀 봐주셔요." 하고 마치 합창이라도 하는 것처럼 소리치고 있었다. 담쟁이의 눈은 안 보여도 송곳처럼 뾰족한 길잡이는 올해도 앞만을 향해 갈 것이다. 빈 공간을 모두 채워 갈 것이다. 그들은 어디로 가는 줄도 모른 체 다시 지난해에 하던 일을 시작한 것이다. 담쟁이는 같은 모습으로 내년, 후년 그 후에도 그저 앞만을 향해 가겠지? 이런 생각을 하고 있을 때 또다시 오이, 호박, 감자가 있어요. 열무, 상추, 얼갈이가 있어요. 스피커를 통해 나온 소리가 바람산에 퍼졌다. 대문 밖이 떠들썩했다. 이번엔 야채장수가 온 것이다. 해마다 가지를 불린 느티나무도 이제는 제법 자라 동네 수문장 노릇을 한다. 찾아오는 장수마다 여기서 신고라도 하는지 잠깐 쉬어가거나 가끔은 반

짝시장을 벌이고 떠난다. 어쩌다 찾아오는 택배꾼이 집을 찾을 때도 대문 앞에 느티나무가 있는 집이라 하면 쉽게 찾는다. 느티나무는 나와 함께 이 바람산에서 자리를 잡은 셈이다.

잠시 나는 지난날을 돌아보았다. 내가 바람산 기슭에서 보낸 세월도 벌써 이십여 년을 바라보게 되었으니 그때 내 나이는 40대 후반, 언덕길도 마다 않고 오르내렸다. 그러나 지금은 올라오노라면 힘이 좀 부친다. 이렇다간 바람산의 이 아름다운 전망을 얼마나 더 보게 될는지 걱정이다. 이런 생각을 하다 보니 갑자기 바람산이 적막해지는 느낌이 든다. 떠돌이 장수들이 사라진 오후, 4월의 긴 해는 어느새 땅거미를 내리고 있었다.

(2004. 4)

최현희

베트남 하노이

환상의 하롱베이

빨래를 하며

베트남 하노이

11월 7일 오전 6시 맑고 상쾌한 아침이다.
커튼을 활짝 여는 순간 빨간 태양이 막 솟아오르고 있었다. 일출을 여기에서 볼 줄이야! 경이롭기까지 하다. 화사한 옷으로 갈아입고 식당으로 내려가니 더러는 벌써 와 있었다. 식사 메뉴는 역시 뷔페로 되어 있는데 음식도 최상급으로 갖추어 놓고, 흰쌀밥과 김치도 특별히 차려 놓았다. 우리 일행은 삼삼오오 짝을 지어 담소하며 몇 차례씩 갖다먹는 모습이 즐거워 보였다. 후식으로 과일과 커피까지 다 끝내고 로비로 나왔다. 버스 오기를 기다리며 모두 산뜻한 차림으로 앉아 있는 모습들이 무척 행복해 보였다.

하노이는 천년의 역사를 지닌 고도에 걸맞게 유서 깊은 사찰도 많고, 식민지풍의 교회나 건물이 많았다. 무색의 건물들이 빚어내는 조화와 좁고 아기자기한 골목, 그리고 포장마차와 가게들이 몰려 있는 거리 풍경은 소박한 운치가 있어 좋았다. 남부 베트남이 호치민의 경제 중심이라면, 하노이는 명실상부한 정치의 중심지이다. 시내 여기저기서 구소련의 영양을 받았기 때문에 사회주의 냄새를 풍기고 있었다. 남성들이 쓰고 있는 짙은 녹색 모자, 레닌 공원에 있는 미그전투기, 놀이도구 등 사람에 따라서는 물론 그것을 어두운 지난날의 아픈 상처로 받아들일 수도 있겠다. 그러나 호치민과 비교하면 새로운 매력을 느낄 수가 있다. 베트남하면 유일하게 미국과의 전쟁에서 이긴 나라로, 전 국민은 자부심을 갖고 산다고 한다. 이 나라는 중국과 국경을 같이 하고 있는 탓으로 자주 국경분쟁을 일으키기도 한다. 베트남 전쟁 8년 사이에 무려 180만 명이 전쟁으로 희생되었다고 알려져 있는데, 그 당시 적이었던 한국을 경제 건설의 모델로 삼고 있다고 하니 역사의 아이러니라 하지 않을 수 없다.

예정보다 서둘러 떠났지만 시내를 벗어나는 데는 오토바이 행렬로 인해 교통 체증은 너무 심한 것 같다. 차는 서행을 하고, 가이드는 열심히 이곳의 전쟁역사 이야기에 열을 올리고 있다. 우리 듣는 것 중에 이미 아는 것도 있고, 새로운 것도 있어 듣는 둥 마는 둥 눈을 감고 있었는데 개중에는 아예 코까지 골며 자는 분들도 있었다. 가이드는 어르신네들이 주무셔도 저는 설명하는 하는 것이 제 사명이기 때문에 한 분만 들으셔도 말씀을 드립니다, 라고 하면서 듣거나 말거나 열심히 말을 이어가고 있었다.

링빈섬 외에 54개의 섬들을 육지의 하롱베이라 한다. 대체로 농업이 70%이고, 그 외에는 품팔이꾼의 영세민들이다. 개발도상의 나라이기 때문에 돈을 너무 밝히고 있어 순수한 맛이 전혀 없는 사람들이다. 어떤 방법으로든 접근해서 물건을 팔고야 만다. 비옥한 땅에 대체로 이모작을 한다고 하는데 땅은 한번 임대를 하면 80년 동안 사용할 수 있다고 한다. 개인 소유도 상당히 있다고 한다. 열심히 일하는 부지런함을 이제 한국인으로부터 배워간다고 말하고 있다.

이곳 베트남에서는 이혼이 거의 없다고 했다. 전쟁 이후 자식을 많이 낳을 수 있게 제도를 고쳐서 지금은 젊은이들이 급증하여 많은 인력을 차지한다고 했다. 동남아 사람들은 대체로 게으른 편인데 비해 베트남 사람들은 부지런한 반면에 지역감정이 심해서 문제라는 것이다. 지하자원은 거의 무궁무진하다시피해서 땅을 파기만 하면 시멘트 원료가 나오고, 대리석 산지가 곳곳에 흩어져 있는 모양이다.

대나무로 만든 허술한 배 한 척에 여자 두 사람이 한 조가 되어 앞뒤에 서 노를 젓는다. 한 사람은 앞에서 마치 밥주걱 같은 노를 젓고, 뒤에서는 기다란 장대로 땅을 짚어가며 노를 젓는다. 수심이 1m 정도이고 온갖 해초들이 무수히 널려 있는 가운데를 양쪽 발로 노를 저어나간다. 한국인 관광객들이 많다. 유럽인들도 더러 눈에 띈다. 배 옆에서 날렵하게 따라오며 사진을 찍어대는 청년들이 있다. 보기 좋을 만한 데는 무턱대고 찍는다. 더러는 시원한 터널도 나오고, 기기묘한 산세와 기암절벽과 아름다운 절경은 이곳 아니면 볼 수가 없는 것들이다. 동굴로 들어가면 어찌나 시원한지 저절로 감탄사를 연발하게 된다. 이 나라 국민 대다수가 산과 물을 이용한 천연 자원을 이용해서 관광자원으로 생계를 꾸려가고 있다고 설명해 주었다. 계속 따라오며 "누나, 이뻐요." 찰칵! "형님, 잠깐만요." 찰칵! 이렇게 찍어댄다. 이들은 자연을 이용해서 관광객을 상대로 돈을 벌고 있다. 쉬는 지점마다 교묘하게 접근하며 T셔츠나, 식탁보, 탁자보 같은 수공예품을 팔려고 사력을 다하며 애걸한다. 수로를 따라 어느 지점까지 갔다가 되돌아왔다. 우리 일행이 내리기가 무섭게 찍은 사진을 앨범으로 만들어 용케도 주인공을 찾아서 내민다. 사지 않을 수 없게 만든다.

이곳 특유의 해산물로 만든 요리로 저녁식사를 마치고, 남은 시간은 피로도 풀 겸해서 마사지를 받는 곳에 안내되었다. 남자 방 따로, 여자 방 따로, 해서 발은 따끈한 물에 담그고 모두 침대에 눕힌다. 전신을 두드려준다. 정말 그 동안의 피로가 풀릴 것 같았다. 오늘 하루도 바쁜 하루였다. 그 동안에 보고 느낀 것들을 글을 쓰기 위해 메모도 열심히 했다. 내일이면 환상의 하롱베이를 보러 가게 되어 있다. 그리고 이번 여정은 끝난다. 우리 일행 모두가 끝까지 별 탈 없이 여행을 마칠 수 있도록 이 밤 달님에게 기도하며 꿈속으로 가고 있다.

(2004. 1)

환상의 하롱베이

이 이른 아침부터 날씨는 흐려 있어 우중충했다.

'환상의 하롱베이' 로 가는 길은 세 시간 이상이 걸린다고 한다. 오토바이 행렬을 피하려고 출근시간 전에 출발을 서둘러야 했다. 아침 6시 반인 데도 오토바이 행렬은 이미 개미떼처럼 오가고 있다. 버스가 그 행렬 속을 곡예하듯이 아슬아슬하게 빠져나가야 했다. 이곳저곳 거리에는 조깅하는 사람들이 눈에 띈다. 레닌동상 앞 공원에서는 백 명도 넘는 사람들이 모여 기氣 체조를 하는 모습이 보였다. 가이드의 말에 의하면, 44년 만에 축구에서 한국을 이겼기 때문에 이곳 사람들은 매우 자랑스럽게 생각하고 있다고 했다.

길 양쪽 인도에는 멀쩡한 젊은 남자들이 할 일 없이 서성거리는 모습을 자주 보게 된다. 이곳의 여자들은 생활력이 강해서 모든 생계유지를 위해 억척스럽게 일하고 있다고 했다. 가정에서도 남자보다 여자의 파워가 더 강하다고 한다. 부부싸움을 하면 거의가 남자들이 집에서 쫓겨난다는 것이다.

흙탕물이 된 쏭총강이 길 옆으로 유유히 흐르고 있었다. 가라오케 방이 유난히 눈에 많이 띠었다. 우리가 지나는 골목 한 곳에만도 가라오케가 약 400여 개나 있다고 했다. 개고기를 파는 곳도 여러 군데 보였다. 개고기는 바비큐를 해서 잘 먹을 정도라 한다. 그 외에 곰, 뱀, 고슴도치 등의 고기도 잘 먹는다고 한다. 이렇듯 이곳 사람들은 보양식을 즐긴단다. 코브라도 그 자리에서 약을 올려 잡는 광경을 보여준다고 했다.

우리가 지금 달리고 있는 이 길은 대우건설에서 건설했다고 말한다. 자랑스럽지만, 한편으로는 가난했던 지난날이 상기되어 가슴이 아픈 추억이 되기도 한다. 예전에는 17시간도 더 걸렸던 길이었는데, 지금은 3시간이면 갈 수 있다고 한다. 이 지역 사람들은 모자와 선글라스는 필수품으로 쓰고 다닌다. 베트남 사람들은 유독 한국산을 특별히 좋아한단다. 한국에 대한 이미지는 발전하는 나라로 부러움의 대상이 되고 있다.

이 6번 도로를 곧장 달리면 중국 랑빙을 거쳐 계림까지 연결되어 있어 차로는 12시간이 소요된다고 한다. 시원하게 양쪽 중앙

분리도 잘 해 놓았다. 화물차만 가끔 달릴 뿐, 버스는 흔하지가 않았다. 어쩌다 승용차도 있고 오토바이로 물건을 싣고 달리는 여자들도 눈에 띈다. 순박하면서도 챙길 것은 다 챙기는 국민성이라 한다. 잘 가꾸어진 농작물도 시원하고 풍요로워 보인다. 가끔씩 길 양쪽으로 부락이 형성되어 있는 곳에는, 농작물이나 일용품 등을 사고파는 진풍경도 눈에 띄었다. 사람이 사는 곳은 어디서나 다 같다는 생각이 들었다. 이렇듯 하노이는 도시 자체가 하나의 관광자원이다. 무슨 일이든 열심히 해서 생활여건을 개선하려는 모습들이다.

수많은 호수를 시내 중심부에 끼고 있는 하노이는 고색이 찬연하지만, 모두들 프랑스풍의 건물들이다. 특히 호안키엠 호수 주변은 하노이의 유일한 명소라고 한다. 호숫가에 늘어선 멋스럽고 아름다운 건물들이 퍽 인상적이다.

하롱베이는 에메랄드 쪽빛 바다 위에 떠 있는 기기묘묘한 모양의 섬과 바위들이 빚어내는 절경으로 환상적이다. 하롱베이는 동양의 3대 경관 중 하나로 꼽힌다. 1950년 프랑스 아세트 출판사는 하롱베이의 풍광을 세계 8대의 풍광이라 칭하고 있다. 유네스코는 1994년, 하롱베이를 인류의 자연 유산으로 지정했다. 하롱베이는 중국 계림의 풍광을 몇 십 개 합쳐놓은 것과도 같다고 했다. 그러나 계림의 솟아오른 형상들처럼 하롱베이의 섬과 바위들은 단순하지가 않다. 그 아름다운 모양은 각양각색으로 되어 있어 사람들의 넋을 빼어 놓는다. 카트린 드너브(엘리안느)의 수양 딸 림당팜(카미유)과 어머니의 연인이었던 프랑스 해군장교(장 밥티스트)의 비극적인 사랑을 그린 〈인도차이나〉라는 영화를 본 사람은 카미유와 장이 숨어들었던 섬을 기억해 낼 수 있을 것이다. 그 섬이 바로 하롱베이에 있는 수많은 섬들 중의 하나라고 한다.

하롱베이는 베트남 수도 하노이에서 동북쪽으로 180㎞ 떨어진 광린성에 있다. 천오백 평방 킬로미터의 광활한 에메랄드빛 바다 위에 삼천여 개의 크고 작은 섬들이 기기묘묘하게 솟아 있다. '하롱下籠' 이라는 이름은 아득한 옛날 외적이 베트남을 침략하자, 하늘에서 용이 용트림하며 내려올 때, 거대한 산이 산산조각이 되어 흐트러진 산들이라는 뜻으로 전해져 내려오고 있다. 여기에서도 외세의 침략에 시달렸던 베트남의 아픈 역사를 엿볼 수 있었다. 하롱만은 지질학적으로 중국 남서부의 석회암대에 속한다고 한다. 이 석회암대의 북쪽 끝이 중국의 구이린이고, 남쪽 끝이 하노이에서 93㎞ 떨어진 닌빈(Nin Binh)이다. 약 12만 년 전 최후의 빙하기에 지층이 침강되면서 '빙산의 일각' 처럼 기묘한 모양의 섬들을 만들어 놓은 것이라 한다. 말이 3,000여 개의 섬이지 실제로 몇 개인지는 정확히 모른다고 했다. 모양새에 따라 유령, 마법사, 버펄로, 코끼리, 거북, 싸움닭 등의 이름이 붙은 섬만 1,000개가 넘는다. 몇 개의 섬에서는 베트남 본토에서 발견된 적이 없는 4,500년 전의 돌도끼가 발굴되기도 했다는 것이다. 혼가이 섬에서는 호아빈 문화로 알려진 1만 년 전의 인류의 유적이 발견되기도 했다고 말한다. 하롱베이는 석회암지대인 만큼 섬들에는 동굴 또한 무수하게 많다. 그 가운데 천궁天宮동굴은 양쪽으로 트여 종유석과 석순들을 보면서 반대쪽으로 나갈 수 있게 되어 있었다.

동굴을 보는 재미 또한 하롱베이 관광에서 빼놓을 수 없는 풍경이다. 여러 개의 동굴은 몇 세기 동안 해적들의 은신처가 되기도 했단다. 프랑스 식민지 시대에는 공산주의자들의 게릴라 활동의 본거지의 역할도 했었고, 이 동굴은 또 침략군을 무찔러 '베트남' 을 지키는 전략 요충지로도 활용했다.

13세기경에 세계 정복에 나섰던 몽골군이 베트남을 정복하고자 하롱베이로 쳐들어왔을 때, 베트남의 이순신 장군격인 찐후이따오 장군이 동굴 속에 군사를 매복해 놓고, 섬 사이의 좁고 얕은 물속에 촘촘히 말뚝을 박아 놓은 뒤, 썰물 때 몽골군의 배가 말뚝에 걸리자 군사를 풀어 전멸시켰다는 사실이 있었다고 한다. 그때 군사들이 2,000명이 숨어 있었다니 동굴의 규모를 상상할 수 있을 것이다.

하롱베이 관광에서 또 하나의 즐거움은 유람선 투어다. 돔, 전복, 새우, 다금바리 등의 살아 있는 해산물을 그 자리에서 요리해 먹을 수 있다. 거기에다 백포도주나 적포도주를 한 잔쯤 곁들인다면, 금상첨화가 아니겠는가! 한참동안 환상적인 비취색 바다위를 유람하면서 감탄사를 연발했다. 계속 흙탕물만 보아 오다

비취색 쪽빛으로 맑은 물 위를 가르니, 마음속까지 상쾌해진다. 유람선에는 우리 일행만 타고 있으니 더욱 편안하다. 한참을 가다 보니, 수상족들의 모습이 여기 저기 눈에 띄었다. 고기를 잡아 그물 속에 기르면서 팔고 있다. 어떤 배에서는 과일과 온갖 일용품, 기념품까지 차려놓고 지나는 관광객을 상대로 장사를 한다. 우리는 선장의 안내로 어떤 배에서 생선 흥정을 했다. 옛날 저울로 달아 파는 것도 퍽 이색적이다. 점심식사 때는 그 자리에서 회를 쳐주는데, 다금바리회의 맛은 정말 일품이었다. 대게를 쪄서 먹기 좋게 칼집을 내주어 너무 맛있게 먹었다. 몇 가지 요리를 곁들여 색다른 신선한 메뉴로, 매운탕도 지리탕도, 상쾌한 맛으로 선상에서의 식사는 이채로웠다. 여행에는 역시 먹거리도 좋아야 추억도 남고 피로도 덜하고, 기분 좋은 여행을 할 수 있는 것 같다. 우리 일행은 점심식사를 끝내고 동굴 구경을 하기 위해 한참 동안 배를 탔다.

이곳의 동굴은 수없이 많지만, 세개의 동굴만을 공개하고 있었다. 바로 앞에 보이는 두 개의 바위산이 마주 보고 있다. 마치 닭들이 사랑을 속삭이며 뽀뽀하는 모습같이 보였다. 안개는 서서히 걷히고 쾌청한 땡볕이다. 우리가 탄 배가 포구에 닿았다. 이미 여러 배들이 와 있었다. 부녀자들과 남녀 아이들이 이 배 저 배로 뛰어 올라와 관광객에게 과일이나 기념품 등을 팔려고 아우성이었다. 이들은 관광객을 상대로 생계를 이어 간다고 했다.

세 곳의 동굴은 각기 다른 특징을 가지고 있었다. 각 섬에 속한 관광상품을 많이 팔고 있었다. 우리 일행은 섬과 섬 사이를 가르며 한가로이 배를 타며 즐겼다. 명소로 되어 있는 곳이면 그곳을 위해 여러 유람선들이 정박하고 있었다. 팔각정이 있는 전망대로 오르는 길로 들어섰다. 돌계단을 따라 오르는데, 길이 꼬불꼬불해서 조심조심 올랐다. 가파른 계단을 따라 위를 향해 한발 한발 올랐다. 햇볕은 쨍쨍 내려쪼이지만 오를수록 시원한 바람이 땀을 충분히 식혀 주었다.

하롱베이의 띠똡 전망대는 1962년 1월 22일, 호치민 주석과 띠똡(러시아 우주 비행사)이 같이 하롱베이를 관광하면서 붙여진 이름이다. 띠똡이 그 섬에 도착해서 주위를 둘러보던 중, 그 섬이 너무 맘에 들어 호치민 주석에게 "이 섬이 대단히 아름답고 좋습니다." 라고 하니까 호치민 주석이 "그러면 당신에게 선물하겠소." 했다는 것이다. 섬을 가져갈 수가 없어서 그 때부터 '띠똡이라고 이름을 붙였다고 했다. 돌계단은 오르기 좋게 만들어져서 관광객들의 명소가 되었다 한다. 부지런히 오르다 보니 우리 부부만 먼저 올랐다. 그 위에는 우리와 같은 호텔에 투숙했던 한국인들이 20여 명이 일찍 올라와서 풍광을 즐기고 있었다. "어서 오세요." 하며 반겨준다. 과연 하롱베이의 천여 개 섬을 한 눈으로 볼 수 있는 절경이었다. 여기를 못 보고 그냥 가는 사람들은 하롱베이의 진면목을 보지 못한 사람들이라고 한다. 그 분들이 이쪽

저쪽 사방을 배경으로 해서 우리들에게 사진을 찍어주어서 너무 나 고마웠다. "고맙습니다." 인사를 하고 그 분들과 함께 내려오면서, 우리 한국인들은 외국에서 만나면 모두들 친절해서 새삼스럽게 동포애를 다시 느낄 수가 있었다.

유람선을 타고 호수처럼 잔잔한 에메랄드 쪽빛 바다를 유영하듯 선유하다 보면 섬과 섬 사이를 지날 때마다 마주치는 풍치에 넋을 뺏기지 않을 사람은 없다. 이렇게 아름답고 찬란한 풍광을 글로서는 표현할 수가 없다. 하롱베이는 맑게 갠 날의 경관, 안개 낀 날, 구름이 낀 날, 비 오는 날의 경관이 각기 다르기 때문에, 이런 것을 모두 체험할 수 있다면 더욱 이상적이라 한다. 그러나 뉘라서 하늘의 조화를 알 수 있으랴! 시간과 경제적 여유만 있다면 사계절마다 가 볼 만한 곳이라고 했다.

어느덧 해는 서산으로 기울고 바람 또한 시원해진다. 서둘러 돌아갈 시간인 것 같다. 유람선들은 앞을 다투어 선착장을 향해 가고 있다.

닌빈 호아루와 하롱베이 관광의 베이스 캠프는 하노이다. 하노이는 지금 관광사업뿐 아니라, 개발도상국다운 움직임이 눈앞에 펼쳐지고 있다. 자연의 풍광과 문화가 결합된 하노이, 닌빈호아루, 하롱베이, 코스는 그 풍광이 어느 곳보다 뛰어나기 때문에 동남아 관광을 떠나는 사람에게는 꼭 한번 가보라고 권하고 싶다.

(2004. 1)

빨래를 하며

맑게 갠 하늘은 푸르고 높다. 하얀 솜틀구름이 두둥실 하늘높이 떠있다. 천고마비天高馬肥란 말이 실감나듯 가을을 알리는 신호처럼 산들바람까지 기분 좋게 불어오고 있다. 장마로 인해 눅눅해진 온 집안을 통풍이 되게 오랜만에 앞뒤 창을 활짝 열어 놓았다. 시끄럽게 울어대는 매미들의 합창 소리는 마치 마지막 가을을 재촉하듯 애처롭게 들려온다. 어정어정 칠월은 지나가 버렸고, 동동거리는 사이에 팔월도 훌쩍 가고 말았다. 새 학기는 다가오는데, 무엇 하나 제대로 해 놓은 것도 없이 허송세월을 보내고 말았다.

정신을 차려 커튼을 빨려고 마음먹고 창문에 있는 것부터 떼어서 우선 욕조에 물을 받아놓고 세제를 풀었다. 그 속에 담가 놓고 외출에서 돌아와 보니 땟국이 까맣게 울어나 있다. 양말을 벗고 욕조 안에 들어가 밟기 시작했다. 가끔씩 텔레비전에서 이불 빠는 것을 보았지만 나로서는 처음 체험하는 것이다. 혼자서 밟기에는 버거울 것 같은 생각이 들어갔다.

"여보, 이리 와서 도와줘요. 당신 운동도 되고, 커튼도 빨고 둘이서 밟는 것이 훨씬 잘 빨아지니까, 일거양득이 아니요"

"음, 그래? 알았어."

남편은 양말을 신은 채로 들어와서 양말도 빨아지고 미끄럽지도 않다고 하면서 합세했다. 둘이서 붙잡고 한참을 북적북적 소리까지 내며 골고루 밟았다. 한편으로는 미안한 마음이 들었다.

"어허, 어머니가 이런 광경을 보셨으면 당신 혼이 났을 텐데, 이제 내가 별걸 다 하고 있네 그려." 하면서도 남편은 열심히 도와주었다.

우리 부부는 결혼한 지 50년이 다 되어서야 단둘이만 남은 단출한 식구가 되었다. 거창한 저택도, 호화스런 전원주택도 아닌, 닭장 같은 아파트에 살고 있다. 전에 비하여 일거리는 3분의 1도 되지 않았고, 며칠씩 여행을 하면서 집을 비워두고 다녀도 걱정이 없었다.

구정물을 빼내고 다시 새물을 받아넣고 몇 번을 우려내어 세탁기 속에 넣고 세제와 옥시크린을 듬뿍 쏟아 부었다. 몇 차례 되돌려서 마지막에 피죤을 넣고 다시 돌렸다. 드디어 뚜껑을 열어보니 새하얀 것이 참으로 너무나 깨끗하고 향기까지 풍기어 내 마음속까지 행복해진다.

처음엔 세탁소에 맡길까? 파출부를 부를까? 생각했지만 이제 자신이 생겼다. 거실, 의상실, 컴퓨터 방의 것까지 차례로 빨아서 걸고 나니, 기분이 상쾌했다. 외출했다 돌아오면 온 집안에서 상큼한 향내가 났다. 내 손으로 커튼을 몽땅 빨았다는 사실에 더욱 내가 대견스러워 보였다.

6 · 25 전쟁 때, 시골에서 피난시절 어렵게 하던 무렵에는 빨래비누 구하기가 어려워 짚을 땐 재를 떡시루 같은 그릇에 받쳐 잿물을 받아서 썼다. 볏집 재보다 조금 고급으로는 콩깍지를 재가 있다. 이 잿물로 빨래를 하면 땟국이 잘 빠진다고 했다. 그 잿물에 삶은 빨래를 커다란 자배기에 가득 담아 머리에 이고 냇가로 갔던 기억이 난다. 한겨울에도 방망이로 어름을 깨고 빨래를 펑펑 두들기면 모든 스트레스도 다 물에 떠내려가 버린다. 시원하게 헹궈 꼭 짜서 훌훌 털어 자배기에 담는다. 머리에 이고 와서 길게 매어놓은 새끼줄에 활활 털어 널고 기다란 장대로 중간쯤에다 받쳐 올린다. 추운 겨울에는 금방 꽁꽁 얼어 뻣뻣해지면서도 빨래는 마른다. 봄이 되면 빨래는 더 많아지지만 콸콸 내려가는 냇물에 깨끗하게 빨아 훌훌 털어서 따스한 햇볕과 살랑살랑 불어오는 봄바람에 더욱 빨래는 잘 마른다.

그후 검정비누가 나와서 조금은 편리해졌다. 그 비누로 머리를 감으면 머릿결이 매끈거려 반지르르한 까만 머리를 쓰다듬어 주시면서 "파리가 앉으면 낙상할 것 같다"고 하시던 할머니 생각도 난다.

나는 다행인지 불행인지, 결혼 초에 잠깐 동안 빨래를 해 보고 이 나이 되도록 빨래를 맡아 할 기회가 별로 없었다. 생각하면 우리 어머님이 그 많은 가족들을 진두지휘하면서도 며느리에게는 절대로 빨래를 시키지 않으셨다.

"제 새끼 젖도 제대로 못 먹이면서 빨래까지 할 사이가 어디 있느냐"고 하시며, "너는 밖에서 아범을 돕는 일이 더 중요하다"고 하셨다. 어머님이 돌아가시고 고모님과 12년을 함께 사는 동안에도 빨래는 한번도 하지 않았다. 고모님이 가신 후부터는 빨래는 내 차지가 되었다. 이주일에 한번 꼴로 양말은 손세탁으로 하고, 잠옷과 와이셔츠 등등을 모았다가 세탁기에 빨래를 하고 나면 마음속까지 헹궈진 듯이 상쾌했다.

어머님이 생존해 계실 때 들었던 이야기다. 고조부모님 삼 형제분과 며느리 외에도 한 집에 기거한 식솔들이 몇 십 명이었다고 한다. 무명 속옷부터 명주 비단 겉옷까지 어른들 옷만 해도 빨래가 얼마나 많았는지, 며칠씩 걸려서 날을 잡아 할 정도였다. 평소에 며느리들에게 먹을 것을 넉넉지 못하게 주셨단다. 왜냐하면 배부르면 게을러지고 일을 많이 할 수 없다고 항상 시누이들에게 감시하게 했었다.시종들까지 있어 식솔들이 워낙 대가족이다 보니 빨래 또한 많았을 게다. 누에 쳐서 비단 짜는 일, 목화 심고 솜 따다가 실 만들어 베짜는 일까지 며느리들은 항상 바쁘고 쫓기면서 살았었다고 한다. 커다란 가마솥에 짚 잿물을 넣고, 오열 베로 만든 자루에 쌀을 넣어 빨래 솥에 찔러 넣고 푹 삶아낸다.

자배기에 빨래를 건질 때, 탱탱해진 쌀자루도 같이 담아 가져간다. 밥이 된 자루를 콸콸 내려가는 냇물에 큰 돌로 눌러 잿물이 빠지도록 해 놓고, 빨래를 하면서 밥이 된 쌀자루에 잿물이 얼른 빠지기를 기다리며 빨래방망이 소리를 힘차게 두들겨댄다.

"형님들 제 덕분에 오늘 배불리 잡수시니 좋으시지요?"

"응, 지금은 배불러 좋지만 시어머님께 들키는 날에는 우리 삼동서가 다 쫓겨나면 어떻게 하려나."

"자네는 겁도 없이 이런 짓을 다 하는구먼?"

다 끝낸 빨래를 꼭 짜서 자배기에 담아놓고 며느리들은 둘러앉아 그 동안 채우지 못한 배를 채우면서 신나게 떠들어댄다. 그야말로 생일날보다 더 흐뭇하게 먹을 수 있는 날이었다. 지금 같으면 있을 수도 없는 일이지만, 수백 년 전에는 가난해서도 그랬을 테지만 시어머니의 시집살이 또한 그토록 혹독해서 굶기를 밥먹듯 했던 모양이다. 있는 집에서도 며느리를 길들이려고 밥을 배불리 주지 않았던 모양이다. 우리 집 시제 때만 되면 그 분들의 자손들이 모여서 할머니들의 어려웠던 시집살이를 이구동성으로 말씀하신다. 오늘도 빨래를 하면서 옛날 들었던 이야기를 더듬어 본다.

지금이야 기계가 빨아서 아주 말려서까지 나온다. 이렇게 편리한 세상에 살고 있어 요즘주부들은 일거리가 많이도 줄었다. 그 나머지 시간을 활용하여 사회활동을 하거나 이화여대 평생교육원에 와서 교양교육을 받기도 한다.

어느덧 빨래가 다 되어 훌훌 털어서 옷걸이에 걸고 있노라면 향긋한 냄새가 코끝으로 스며든다. 베란다에 놓인 빨래걸이에는 햇볕이 기분좋게 내리쪼이고 있다. 사시문도 열어 놓았더니 시원한 바람이 솔솔 들어오고 있다. 햇볕이 이렇게 좋은 날 빨래를 하고 나면 일상생활에서 더렵혀진 내 마음도 깨끗이 빤 것 같아 기분이 썩 좋다. 주부들의 행복은 바로 이런 것이 아닐까.

(2004. 8)

제 3 편

정순자
김선희
김옥춘
박귀숙

정순자

갓바위 순례

2000년 10월 6일, 1박 2일의 성지순례를 위해 경남 통도사를 향해 우리를 태운 버스는 출발했다. 오후 3시경이었다. 복잡한 서울 시내를 빠져 나오니 창밖으로 보이는 산과 들은 가을 풍경이 완연했다.

이번 성지순례는 대학 입시생들을 위한 기도의 일환으로 이루어진 것으로 5대 보궁의 마지막 기도처가 양산 통도사였다. 설악산 봉정암, 사자산 법흥사, 태백산 정암사, 오대산 상원사, 이런 순서로 순례를 하고 마지막으로 통도사로 오게 된 것이다. 나는 찹쌀 한 말을 시루떡으로 만들어 보궁 기도를 떠나는 신도들에게 가지고 가서 부처님께 올리게 했다.

지관 큰스님(전 동국대학교 총장님)께서 옛날 미얀마에 가셨을 때 기념으로 사온 향나무염주를 회장 취임 때 기념으로 나에게 주시었다. 안방 텔레비전 위에다 잘 보관하여 놓아두고 매일 지극 정성으로 기도할 때 사용하고 있다. 기도할 때는 내려놓고 기도가 끝나면 도로 제자리에 올려놓곤 한다.

이번 정성은 큰 시동생이 이번에 승진하여 사성장군이 되기 위함이다. 총무 해월 스님께 부탁을 드렸더니, 새벽기도를 정성스럽게 하고 계셨다. 나도 정성을 모아 기도하면서 무리하게 절을 한 것이 탈을 일으킨 것인지 다리가 몹시 아프다. 요즘 다리가 아파 매일같이 치료를 받으러 다닌 덕택으로 거의 나아가는 형편이지만 금번 보궁 성지순례에는 꼭 참가하기로 마음을 먹었다. 신도들은 대체로 서종표 장군이 나의 시동생이란 것을 알고 있다. 별을 달 때마다 부처님께 감사함을 표하는 것을 알고 있기 때문이다. "항상 저의 정성에 감응하여 주셔서 정말로 감사합니다." 하고 나는 그때마다 부처님께 꽃을 봉헌했다.

꽃 공양을 20년이 넘도록 부처님께 올리시는데 안 되는 일이 있겠느냐고 나를 아는 신도들은 말한다. 나는 그럴 때마다 "그렇게 말씀해 주시니 몸 둘 바를 모르겠습니다. 여러분들께서 저를 항상 곱게 보아주신 음덕이라고 생각합니다." 하고 대답한다. 회사, 가족, 친척 모두 일마다 부처님의 가피를 입어 잘 되어가고 있다고 나는 생각하며, 항상 부처님께 감사하며 살아가고 있다.

나는 영등포 신남동에서 셋방살이를 할 때부터 순천중학교를 졸업한 시동생을 데리고 와서 공부를 시켰다. 내 아들 봉준이가 돌도 되기 전 일이다. 그 동안 계속 뒷바라지를 해 왔다. 44년이라는 긴 세월이다. 어려운 환경 속에서도 서울로 시동생을 데려와 공부시킨 것이 큰 보람이 되어 나타난 것이다. 시동생은 별 세 개를 단 육군 군단장이다. 사성장군이 되어 달라고 부처님과 천지신명님과 조상님께 나는 계속 기도를 올리고 있었다.

음력 정월에 할머니 보살님과 같이 태백산 단군 할아버지 선정에 가서 밤을 새워 기도를 올리고, 다음 날 동해 바닷가에 가서 용왕제를 모시었다. 오늘은 부처님 진신 사리를 모신 보궁 통도사에서 기도를 올릴 차례다. 통도사에 도착하니 캄캄한 밤이었다. 전화를 받고 절에서 스님이 나와서 우리 일행을 안내해 주었다. 떡시루는 처사님 두 분이 버스에서 들고 갔다. 기도하는 신도들 방으로 안내를 받아 여장을 풀었다. 자는 둥 마는 둥 새벽 3시에 일어나 세수를 하고 큰 법당으로 가서 4시에 시작하는 스님들의 기도에 동참했다.

법당에는 큰 스님부터 자리가 정해져 있다. 스님들만 50명이 넘는 것 같았다. 1시간 정도 스님들의 기도 법식대로 따라 했다. 스님들이 기도를 마치시고 법당을 떠나간 후에 우리 신도들이 다시 자리를 잡고 기도를 하기 시작했다. 신심信心을 내어서인지 절을 계속해도 가뿐가뿐 절이 잘 되었다. 이번에 저의 큰 시동생 서종표 장군이 별을 하나 더 달게 하여 주십시오. 부처님, 부처님, 그 동안에도 많은 가피를 입고 있음에 감사하고 있습니다. 이렇게 마음속으로 기도하며 절을 계속했다. 나의 기도를 받아주시는 것 같은 예감이 들기도 했다.

우리 절 신도들은 절에서 제공하는 아침밥을 맛있게 먹었다. 아침 9시경에 부주지 종근 스님께서 예정에 없던 대구 팔공산 갓바위로 기도를 가자고 해서 그대로 따라가게 되었다. 버스에서 내려 갓바위로 올라가는 데 포장된 길이 끝나고 돌층계가 시작되었다. 첫 돌층계를 밟는 순간 오른쪽 다리의 감각이 이상한 느낌이 들었다. 무릎 밑으로 갑자기 통증이 생기면서 걸을 수가 없다. 같이 올라가던 보살들에게도 말을 못하고 뒤로 처지고 말았다. 뒤에 따라 올라오던 신도들이 올라가다, 왜 그러시냐고 물었으나 아무 말도 못하고 손짓으로만 올라가라 하고는 길 한 편에 비켜 있어야만 했다.

나는 그 순간 섬광처럼 떠오르는 것이 있었다. 시동생의 승진 기도를 간절하게 부탁했으니, 비록 험한 길이긴 하지만 팔공산을 올라가서 갓바위 약사부처님께 기도를 해 보라는 계시가 아닌가 하는 생각이 들었다. 부처님께서 나를 시험하고 계시다는 생각이 떠올랐다.

나는 자신에게 말했다. 너는 어떻게 하여서라도 이 고통을 이

겨내어 산으로 올라가서 갓바위 부처님께 기도를 올려야 한다는 말씀이 들리는 것 같았다. 다시 마음을 단단히 먹고 힘을 내어 산 쪽 벽을 두 손으로 붙잡고 한발 한발 조심스럽게 돌계단을 올라갔다. 온몸에서 땀이 흐르며 너무나 고통스러워 눈물이 날 지경이었다. 그래도 꼭 올라가 갓바위 부처님께 기도를 올려야 한다는 생각이 나를 엄습해 왔다.

대학입시 기도 철이라 좁고 험한 산길을 많은 신도들이 오르내리고 있었다. 다친 다리를 들고 한 발로 경사진 비탈길을 올라가기가 여간 힘들지 않았다. 그러나 마침내 나는 이를 악물고 갓바위까지 올라가고 말았다.

감사한 마음으로 부처님을 올려다보았다. 이런 몸으로 부처님을 참배하게 도와주셔서 감사합니다. 혼자 서서 합장을 하고 절을 하다가 옆을 보니 같이 온 많은 신도들이 열심히 기도를 올리고 있었다. 뒤편에 자리를 잡아 한쪽 다리를 뻗고 앉으니 살 것만 같았다. 합장을 하고 아픔도 잊은 채 시동생에 대한 기도를 열심히 하고 있는 데 “이곳이 어떤 기도처인데 다리를 뻗고 기도를 하느냐.” 하며 내 어깨를 툭 치며 호통을 친다. “다리를 다쳐서 이러니 용서하십시오.” 하고 용서를 빌었다. 그랬더니 노보살님은 나를 힐끔 쳐다보고는 지나갔다. 신라 선덕여왕께서 몸이 많이 아프셨는데 갓바위 부처님께 기도를 올리시고 병을 고치셨다는 것으로 유명한 기도처이다. 이 갓바위 부처님께서는 정성스레 기도를 올리면 한 가지 소원은 꼭 이루어 주신다는 믿음이 있는 곳이다.

경국사 신도님들이 기도를 마치고 스님을 따라 하산을 하고 있었다. 나는 자기 혼자도 내려가기 힘든 이 산길에서 신도들의 짐이 되고 싶지 않았다. 내 힘으로 내려갈 생각으로 신도들 눈에 띄지 않게 뒤에 그대로 앉아 있었다. 우리 신도들이 하산할 때도 나는 일어나지 않고 모르는 신도들 사이에 끼어 앉아 있었다. 나는 아픈 다리로 이렇게 높고 험한 산길을 내려갈 생각을 하니 두려운 생각이 들었다. 내려가는 데 힘과 용기를 주소서, 하고 기도를 올리고 조심조심 내려갔다. 체중이 눌리어 하산하기가 더 힘이 들었다. 한발 한발을 내디디며, 쉬다가 가고, 또 쉬고 하며 내려가는데, 우리 절 정관행(옥정숙) 보살이 다시 올라오는 것이 보였다. "회장님, 내려가다 이 지팡이를 주웠어요. 이 지팡이를 짚으시고 나를 잡으시고 내려가십시다." 하는 것이다. 나는 너무나 고마워서 같이 따라 걸었다. 얼마를 따라 내려오다가, "정관행 보살, 정말 마음씨 고운 사람이구먼." 하고 인사말을 했다. 젊고 마음씨 고운 정관행 보살의 부축을 받으며 한 손으로는 보살이 가지고 온 나뭇가지 지팡이를 짚으며 천천히 산을 내려올 수 있었다. 나는 그 때의 정관행 보살의 은혜를 평생 잊을 수가 없다. 이웃이란 서로 이해하는 사람들의 관계를 말함이 아닌가! 좋은 사람을 자기 곁에 많이 가지고 있는 사람은 행복한 인생을 사는 사람이다. 이런 생각을 하며 서울로 올라가는 차를 타기 위해서 버스 옆으로 갔다. 오는 길은 그날따라 멀기도 했다.

(2000. 10)

마포의 허파 성미산

성미산은 마포구청 뒤에 있는 나지막한 산이다. 우리 부부가 처음 이 산을 찾아갔을 때는 소나무, 전나무, 오리나무 같은 여러 가지 나무가 자라고 있었다. 지금은 번식력이 강하다는 아카시아 나무가 80프로 차지하고 있다.

봄이 되면 연두색 새 잎의 푸르름으로 우리들의 발길을 이 산으로 올라오게 한다. 아카시아 꽃이 피기 시작하면 향긋한 아카시아 꽃향기가 샤넬, 크리스찬디올 향수보다 더 향기롭다고 말하여도 손색이 없다. 그 때가 되면 산 입구에서부터 향기에 취하면서 산에 오른다.

하얀 꽃잎이 줄기 잎에 줄을 지어 조롱조롱 피어 있는 모습도 예쁘고 귀엽다. 아무리 아름다운 꽃이라도 열흘밖에 못 간다는 노래 말같이 꽃이 떨어지기 시작하면 온 산에는 눈이 온 것 같이 하얗다. 하얀 꽃잎들을 밟고 걷기가 안쓰러워서 떨어진 꽃잎을 피해서 미리 밟고 간 발자국을 따라 걸어간다. 가을에 아카시아 잎이 노랗게 물이 들어 있는 것도 보기 좋지만, 노란 단풍잎들이 바람에 휘날리는 모습도 아름답다.

성미산 안에는 아침 6시부터 아침체조를 시작하는 곳이 두 곳 있다. 8시부터는 젊은 팀들이 하는 체조가 시작된다. 아침에 이 산에 오르는 사람은 오백 명이 넘는다고 한다. 친구들끼리 모여서 체조를 하는 곳도 여러 곳에 있다. 라디오에서 흘러나오는 경쾌한 음악에 따라 체조 선생님의 지도에 맞추어 체조를 한다.

아침 6시부터 시작하는 체조반은 연령층이 다양하기 때문에 어려운 동작은 없다. 오랫동안 아침에 만나다 보니 친해져서 여기서도 친목회를 만들었다. 회장, 부회장, 총무를 고루 갖추고 있는데, 나의 남편이 부회장직을 맡고 있다. 우리 부부는 아침 6시부터 시작하는 아침 체조 모임에 열심히 다녔다. 팔공산 갓바위 기도에 갔다가 다리를 심히 다쳐 9개월 동안 물리치료를 받느라고 두 사람 다 못 다니게 되었다.

이 산 안에 배드민턴 코트가 4 군데나 있다. 15년 동안 남편과 아침에 나와 배드민턴을 치면서 아침을 즐기고 건강에도 도움을 받았다. 마포구대회에 출전하여 동메달에서부터 시작하여 은메

달, 금메달까지 받았다. 나의 파트너는 나보다 실력이 좋은 김연자씨였다. 상을 많이 받게 된 것도 따지고 보면 나의 파트너 덕택이라고 생각한다. 한번은 서울대회에 출전하여 2팀에게 이기기도 하였다. 서울대회는 잘한다는 팀은 다 나왔기 때문에 2팀에게 이긴 것도 대단한 것이라며 주위에서 칭찬이 자자했다.

배드민턴은 보기보다는 매우 과격한 운동이다. 이제 일흔 가까운 나이가 되니 젊은 시절과는 달리 격렬한 운동을 하기에는 무리가 있다. 15년간 한 곳에서 배드민턴 운동을 하다 보니 남편은 모임의 회장이 되었다. 그런 저런 인연으로 해서 1994년 5월 1일 생활체육 전국 배드민턴 연합회 회장님으로부터 공로패를 받은 적도 있다.

나이가 드니 다리에 무리가 와서 배드민턴을 그만두고 대신에 아침 체조반에 들어갔다. 그러나 아침체조도 무리가 와서 산 속의 골프연습장으로 옮겨 골프를 치고 있다. 골프는 배운 사람이면 누구나 아는 바와 같이 대단히 섬세한 운동이다. 지금 몇 해째 골프연습장에서 골프를 치고 있지만 잘 되지 않는다. 그렇지만 연습장에 가면 정성을 다해 연습에 임한다. 골프란 조금 된다 싶어 며칠 쉬었다 치면 더 안 된다. 스윙을 충분히 하지 않으면 도대체 공이 나가지 않는다. 여간 섬세하고 어려운 운동이 아니다.

필드에는 이화여대 알프스 5기 동기들과 한양 C.C에 한 달에 한번씩 나가고 있다. 골프연습장에 다녀오는 것을 나는 걷기 운동이라 생각하고 있다. 매일은 못 가지만 오후 3시부터 5시경에 는 골프장으로 간다. 대개 주부들이니까 집안일들을 정리해 놓고 이 시간에 나오면 조경자, 신혜영 여사 등을 비롯해서 오륙 명이 만난다. 이들과 만나는 것도 나에게는 큰 기쁨이다.

골프연습하다 쉬는 시간이 되면 이야기를 나눈다. 이곳에서 파는 음료수를 마시면서 세상 돌아가는 이야기, 자식들, 손자들 이야기, 각자 터득한 골프 치는 요령을 말하기도 한다. 처음 골프를 시작할 때는 성미산 고개를 너머서 골프연습장를 다녔다. 3년 전부터는 그 고개 넘기도 힘에 부치어 버스를 세 정거장 정도 타고가 200m 정도 걸어서 골프연습장에 갈 수가 있다. 남편이 쉬는 날에는 성미산에 같이 올라가 산 속에 있는 운동기구로 운동을 한다. 주변에 산이 없기 때문에 이 산 속만이라도 도시 안보다는 한결 공기가 맑다. 나는 이곳저곳을 바라다보면서 우리 집이 어디쯤 있나 숲 사이로 찾아보기도 한다. 시장, 학교, 교회 등 큰 건물을 찾아보는 것이 재미있다.

이 산을 처음 찾아왔을 때는 내 나이 40대 초반이었다. 그런데 고희가 내년이라니! 이 산은 그 동안 우리 부부에게 건강을 지키게 해 준 고마운 산이다. 이 산에는 두 군데 약수터가 있다. 생수를 길러가는 사람들로 북새통을 이루더니, 매스컴에서 약수터 물이 거의가 오염된 상태라는 몇 차례의 보도가 있은 후는 사람들의 발걸음이 많이 줄어들었다. 한 군데는 완전히 폐쇄가 되어 버렸고, 한 군데는 남아 있다. 이곳도 요즘에는 물을 기르는 사람을 거의 볼 수 없다.

90년도까지는 이 산을 성산이라 불렀다. 그 이후 성미산으로 바꾸어 부른다. 지금도 성산시장, 성산 초등학교, 성산동, 성산천 주교, 성산골프장 등 성산이란 이름이 많이 남아 있다. 이 산 주변에 있는 성산동, 서교동, 망원동, 합정동, 연남동 등의 여러 동민들은 이 산을 휴식 공간으로 이용하고 있다. 그런데 2003년 이 산 위에다 배수지를 만들겠다고 하면서 산의 한 등성이에 있는 나무들을 베어 버렸다.

마포구민들이 이 산을 지키기 위해서 시위를 벌리고 자연을 사랑하는 민간단체들이 산 위에 천막농성을 벌이기도 했다. 나무마다 '나를 살려 주세요' 라는 표어를 붙이기도 했다. 아침 체조하는 장소에서 환경단체들과 마포구민들이 연합하여 성미산 지키기 운동을 벌리기도 했다.

'도심 속의 자연숲 성미산을 우리들의 손으로 더욱 아름답게', '이 길은 밝고 맑은 세상을 꿈꾸는 우리들의 길입니다' 라는 표어가 등성이의 길에 붙기도 했다. 이런 표어들은 지금도 성미산 고갯길 옆에 가면 볼 수 있다. 흰 염소가 풀숲에서, 꽃 속에서 뛰어놀고, 벌과 나비가 꽃 사이를 날아다니는 것을 그린 벽화가 고갯마루에 있다. 나는 이 고개를 넘을 때마다 이 아름다운 벽화를 보면서 즐거워한다.

배수지 계획은 이제 포기한 것인지 배수지 건설 반대 플래카드는 이제 더 볼 수가 없다. 그 대신 그 자리에 '마포구민 노래자랑 대회', '마포여성 백일장', '성산 한마음 축제', '마포구민 걷기 대회' 같은 대형 현수막이 산길에 걸려 있다. 이 산에는 참새, 비둘기, 까치, 같은 텃새가 있는가 하면, 꾀꼬리, 뻐꾸기, 휘파람새, 종달새 등 철따라 왔다 가는 새도 많다.

10년 전만 해도 해마다 꿩이 새끼를 낳아 숲속으로 데리고 다니는 것을 흔히 볼 수 있었다. 장끼 소리도 이따금씩 들리곤 한다. 어느 날 아침 배드민턴 운동을 하고 있는데 한 회원이 병아리 같은 어린 새끼꿩을 잡아 가지고 왔다. 회원들이 모두 놀라서 잡은 그 자리에 바로 갖다 두라고 성화를 하는 바람에 그 자리에 갖다 둔 일이 있었다. 그만큼 회원들은 산에 속해 있는 것은 모두 사랑하고 있다는 증거다. 지금 이 산에는 꿩은 살지 않는다.

골프 실력을 늘리기 위해서 최근에 나는 이 코트의 전무인 안 프로에게 코치를 받고 있다. 코치 방법이 다른 점도 있어 긴장감도 있고 가르치는 대로 배우니 많이 나아진 것 같다. 골프장 주인인 유여사와 손여사 두 여사장이 있기에 골프연습장의 분위기가 더욱 부드러워졌다고 생각한다. 두 분이 골프장의 생기를 불어넣는 것 같기도 하다.

성미산은 새벽부터 해가 질 때까지 운동하는 사람, 가족끼리 산책하는 사람, 친구끼리 즐겁게 노는 사람 각양각색이다. 역도

부에는 많은 운동기구들이 준비되어 있다. 운동기구가 있는 곳에는 가로등이 잘 설치되어 있어서 환하게 밝다. 산자락에는 성서초등학교, 성서중학교, 마포구청 등이 자리잡고 있다. 봄, 여름, 가을, 겨울, 사계절을 두고 하루도 사람들이 없을 때가 없다. 이 산은 마포구민들의 허파인 것이다. 우리 마포구민들의 밝고 맑은 세상을 꿈꾸는 우리들의 영원한 휴식공간인 셈이다.

(2004. 10)

홍학 서식지를 찾아서

세계 최대의 홍학(훌라밍고) 서식지인 나쿠루 호수 국립공원을 향해 출발했다. '게임드라이브 버드 사파리' 가 시작되었다. 홍학을 보러가는 길목도 국립공원이었다. 임팔라(꽃사슴), 워터벅(큰 노루) 질랖(기린), 너팔(나무 위에서만 산다는 치타 같은 것), 워톰(멧돼지) 따위의 동물들은 심심찮게 볼 수 있었지만, 그 수가 암보셀리에 비하면 아무것도 아니었다.

호숫가에 모여 노는 홍학 무리를 멀리 떨어져 있는 호수 이쪽에서도 볼 수 있었다. 기념사진 찍기에 바빴다. 오랜 세월 속에 홍학 똥이 모래밭 호수의 염분과 같이 굳어 있어 바삭바삭 소리가 나면서 발에 밟혔다. 염분과 홍학 배설물 냄새가 섞이어 이상

야릇한 냄새가 풍기었다. 홍학 무리가 너무 많아 셀 수가 없었다. 그저 짐작으로 수천만 마리는 되는 듯이 보였다. 연방 날아들고 날아오르고 있었다. 가만히 보고 있으면 그들 나름대로 질서가 있었다. 홍학들의 소리가 어찌나 크고 시끄러운지 귀가 멍멍할 지경이었다. 빨간 긴 다리에 연분홍 깃털 옷을 입은 아름다운 새들이었다.

국립공원 입구에는 코뿔소 상징 마크가 있었지만, 두 마리의 암수 코뿔소가 저 멀리 호숫가에 나란히 걸어가는 모습을 망원경으로 볼 수 있을 뿐이었다. 코뿔소는 번식이 부진해 이곳에서도 보기 힘든 동물이라고 한다. 산허리에 소재한 산장 같은 곳에서 하룻밤을 머물게 되었다. 이 산은 산 전체가 큰 선인장 같이 인상적이었다. 날씨가 약간 싸늘했다. 몸살 감기기가 있는 모양이다. 구혜정씨가 가지고 온 감기약을 나에게 나누어 주었다. 아침저녁으로 먹었더니 많이 좋아졌다. 언덕을 잘 이용해서 작은 집들을 여기 저기 지어 한 채에 두 팀씩 사용할 수 있게 해 놓았다. 우리 방은 울타리도 없는 제일 끝 집이어서 밤에는 약간 무섭기도 했다.

침대 위에 놓인 하얀 모기장을 풀어 침대에 씌워 놓으니, 영화속의 공주방 같았다. 나의 룸메이트와 침대에 누워 "오늘밤 우리는 공주님이다." 하며 서로 마주 보며 웃었다. 스스로 공주처럼 생각하며 하룻밤을 자 보는 재미도 즐거웠다. 이곳은 비누로 머리를 감았는데도 물이 좋아 머릿결이 매끈매끈했다. 전화가 없는 숙소라 모닝콜을 밖에서 문을 두드려 신호를 해주는 것이 우습기도 했다. 아침에 일어나 밖으로 나오니, 정말 쌀쌀해 초가을 날씨 같았다. 나쿠르를 출발하여 세계적 동물보호구역인 마사이 마라로 향했다. 여전히 6인용 버스로 3조씩 나누어 타고 이동했다.

비포장도로라 얼마나 힘이 들었는지 모른다. 어떤 곳은 포장은 했는데 너무 허술하게 해서 군데군데 패여서 안 한 것만도 못했다. 2번 버스는 타이어가 두번이나 펑크가 나서 갈아 끼워야 했다. 차 밖으로 나와 있으니 어찌나 더운지 머리에다 무엇이든지 얹고 있어야 했다. 척추가 부실한 사람이 왔더라면 아마 큰 고생을 할 뻔하였다.

이곳도 반 사막지대였다. 마사이 마라가 가까워지면서 멧돼지, 임팔라 등을 볼 수가 있었다. 8마리의 기린가족이 일렬을 지어 우리 옆을 유유히 지나 평원을 향해 걸어가는 모습이 동물 중의 신사 같았다. 피로에 지친 우리들을 위로라도 해주고 가는 것 같았다. 우리 일행은 이렇게 험한 길을 가면서도 사자들이 살고 있다는 미지의 세계를 찾아가고 있었다. 마치 아프리카의 탐험대처럼…….

(1997. 3)

김선희

인생은 언제나 생방송

살아온 세월보다 살아갈 시간

막내 제부

인생은 언제나 생방송

"선희야, 우리가 벌써 사위 며느리 볼 나이가 되었구나. 세월 참 빠르다."

"오빠! 참 그래요. 어느새 우리가 중늙은이가 되었을까? 그런데 난 지난 세월이 너무나 억울해요."

"너만 억울하냐? 나도 억울하다"

"그래도 오빠는 하고 싶은 것 다하고 살았잖아."

"누구나 다 자기만이 피해자인 것 같지 생각되거든……. 이 세상사람 모두 각자가 다 크고 작은 어려운 일을 다 당했을 거야. 너 혼자만 당했다고 억울해 하지 마라. 인생은 늦었다고 생각할 때가 이른 것이라고 하지 않았니? 지금부터 시작이라고 생각하고 멋지고, 재미있게 살아보렴. 건강하고 행복하게 말이야. 병나서 앓아 누우면 그야말로 아까운 세월 허송세월이야."

"그래요, 오빠. 어느 가수의 유행가 가사처럼 인생은 언제나 생방송인 셈이지. 되돌릴 수도 붙잡을 수도 없는…… 내 인생의 주인공은 언제나 나니까 말이야."

오빠와 딸의 결혼문제로 사돈 될 분들과의 상견례 하러 가면서 나눈 대화다.

나는 생활력 없고 괴팍한 성격의 남편과 근 28년이란 세월을 살았다. 항상 집안에 분란만 일으키는 남편 때문에, 하루도 마음 편할 날 없이 불안과 초조 속에서 살아야 했으며, 아이들은 오래 전부터 이구동성으로 남편과의 이혼을 종용하였지만, 나는 용기가 없어서 하루 이틀 미루다가 28년을 산 셈이다.

오직 자기 자신밖에 모르는 남편이었다. 아내는 물론 자식에게 마저 아버지로서의 도리가 어떤 것인지조차 모르는 남편, 집안에 있을 때 고성과 폭력이 난무하여 온 가족이 벌벌 떨고만 있어야 하는 남편, 아침에 눈만 뜨면 오늘은 또 무슨 일로 괴롭힘을 당할까 하는 생각에 마음은 엔제나 불안하고 초조했었다. 이런 남편 때문에 우리 세 식구는 살아 있어도 산목숨이 아니었다. 딸은 고등학교 3학년 때 이런 남편 때문에 신경쇠약에 걸려 병원에 입원해야 할 처지에 놓여 있었다. 당시 수능시험이 3개월 뒤라 미루었다가 결국에는 대학에 입학한 뒤 1년 6개월 동안이나 신경외과의 치료를 받아야 했으며. 아들 또한 아버지와의 갈등을 이기지 못하고, 그 어려운 의과대학을 장학생으로 당당히 입학했는데도 대학생활을 하지 못하고 자퇴서를 내고 군에 입대하고 말았던 것이다.

지금쯤 하얀 가운을 입고 있어야 할 내 아들, 난 아들 생각만 하면, 모든 잘못이 나 때문인 것 같아 아픈 마음을 가누질 못한다. 그리고 숨을 쉬면서 이 세상을 살아야 할 이유가 없어지기도 한다. 아무리 고통이 심하다 한들 이보다 더한 고통이 있을까? 삶을 포기해 버릴까 하고 생각했던 때가 한두번이 아니었다.

심한 스트레스로 인하여 나는 3년 전에 위궤양으로 입원한 적이 있다. 위에 종양이 3개나 생겨 병원에선 그대로 놔두면 암이 될지도 모른다고 하여 수술을 받았다.

나는 병실에 홀로 누워서 많은 생각을 하였다. 그래, 이건 인간의 삶이 아니야. 더 늦기 전에 이혼하는 것이 나를 위해서나 그를 위해서나 자식들을 위해서나 옳다는 생각이 들었다. 아이들에게 내 의사를 밝혔더니, 더 늦기 전에 엄마의 삶을 찾으라며, 흔쾌히 나의 편이 되어주었다.

나는 퇴원하자 곧바로 이혼소송을 냈다. 나의 이혼 사유서를 본 가정법원 중재관도 왜 더 일찍 이혼하지 않고 이렇게 살았냐며 나를 위하여 눈물까지 흘려주었다.

오랜 법정 싸움 끝에 승소하자, 이 세상은 온통 나의 것인 것 같았다. 그러나 그 동안 살아온 세월이 너무나 억울했다. 그 후 나는 2년간이란 세월을 우울증과 불면증에 시달려야만 했다.

내가 이혼하기 전부터 딸이 사귀든 남자친구가 있었다. 둘의 결혼 얘기가 구체적으로 오갈 때 나는 나의 이혼이 그들의 결혼에 걸림돌이 되지 않을까 매우 염려하고 있었다. 하지만 딸은 그것이 자기들의 결혼에 문제가 된다면 차라리 결혼을 포기하겠다고까지 말했던 것이다.

사돈 될 분들은 내가 이혼한 줄을 그때까지 모르고 있었다. 상견례 때 이야기하려고 하였지만, 딸의 남자 친구는 결혼하면 두 집안 어른들이 만날 일이 없을 텐데, 굳이 말할 이유가 어디 있느냐고 말하는 바람에 처음에는 숨기기로 하였다. 그러나 집에 와서 곰곰이 생각해 보니 숨기는 것이 아무래도 마음속에 걸렸다. 딸은 못난 아비 어미를 닮지 않았는지 인물도 좋고 머리도 영리했으며, 좋은 대학을 나와서 좋은 직장까지 갖고 있으니 나는 딸만 보면 잘 키웠다는 자부심으로 뿌듯했다.

사실대로 이야기하여야겠다는 결론을 내리고, 사돈 될 분들을 만나 솔직하게 이야기를 했더니, 요즘 이혼이 어디 흉이냐며 오히려 나를 위로하면서, 딸을 예쁘게 키워 주어서 고맙다고 말했다. 역시 솔직하게 밝힌 것이 잘한 일이라고 생각하면서, 사돈내외에게 떳떳할 수 있었다. 나는 겸손하게 머리를 숙이면서, 딸이 지금껏 공부만 하느라고 아무것도 아는 것이 없으니 예쁘게 봐달라고 부탁하였다.

나는 이따금 내 혼자가 되면 서늘하게 불어오는 바람에 내 자신을 맡기며 내 인생을 뒤돌아볼 때가 있다. 벌써 내가 사위를 보게 되었구나. 얼마 있지 않으면 할머니 소리도 듣겠지. 어느새 내 나이 오십이 훌쩍 넘었으니, 세월은 참 빨리도 지나갔다. 한편 생각하면 괴롭게 산 세월이 억울하다는 생각도 들지만, 그나마 다행으로 딸은 훌륭한 신랑 만나 행복한 보금자리를 꾸밀 수 있게 되었고, 아들은 아들대로 반듯하게 자기 삶을 챙기고 있으니, 나는 마음을 비우고 남은 내 여생을 내가 잘 챙겨야 할 것이다.

인생은 언제나 생방송이라고 했던가……. 녹화도 예행연습도 없는 생방송 같이 진행시켜야 하던가? 세월은 지금 이만큼 나에게 다가와 있고, 그 변하고 있는 세월과 시간은 지금 이 순간도 변하고 있다는 것을 나는 왜 이제야 깨달았을까? 진작 알았다 해도 내가 할 수 있는 몫이 크지는 않다는 생각이 든다. 삶은 괴로움을 통하여 그 귀중함을 터득하는 것이니까 말이다. 하지만 지금까지는 나 자신을 잃어버린 채 살아온 세월이었지만, 지금부터는 내 자신이 설계한 인생을 살고 싶다. 겪었던 그 아픔이 내게 귀중한 교훈이 되어 아름답고 행복한 삶을 누리게 해줄 수 있을 것으로 생각한다. 이런 글을 쓸 수 있는 여유를 가지게 된 것부터가 벌써 그 삶의 시작이다. 자, 여러분! 김선희의 생방송은 지금부터 시작입니다. 그렇게 내 주위에 있는 사람에게 외치고 싶다.

(2004. 5)

살아온 세월보다 살아갈 시간

뉴스프링빌로 가는 길은 참으로 아름다웠다. 그 아름다움에 취하여 가던 길을 멈추고 먼 산을 바라본다. 눈부신 가을 햇살을 온몸에 받으며, 심호흡을 깊이 해본다. 다시 나는 코스모스가 활짝 핀 길을 천천히 걸으면서 지난 일을 돌이켜본다. 2년 전의 나와는 비교가 되지 않을 정도로 다른 모습을 보여주고 있다. 내가 이렇게 인생의 길목에 서서 아름다운 꽃길을 걸으며 지난 시간들을 한가롭게 회상하고 있다는 것 자체가 전혀 다른 상황이다. 내가 이렇게 여유를 가지게 될 줄 누가 상상이나 하였겠는가.

나는 이혼녀다. 세상은 아직도 나를 차가운 눈으로 볼지 모른다.

그러나 차갑게 보는 세상 사람들에게 대하여 나는 당당하게 외치고 싶다. 이혼한 것에 대하여 조금도 후회하지 않는다고. 다만 그동안 괴로움 속에서 허송한 세월이 너무나 안타까울 뿐이라고.

만약 이혼을 하지 않았더라면, 고통 속에서 나의 생명을 유지할 수 있었을까 하는 생각도 든다. 그 동안 나는 산다는 것에 대하여 얼마나 회의하며 괴로워했던가? 단란했어야 할 결혼생활이 연옥이나 다름없었다. 그 고통을 감내하기 위하여 생과 사의 갈림길에 서서 얼마나 방황하고 있었던가. 이혼을 하지 않았다면 아마 지금의 나는 없었을 것이다.

이혼 후 나는 마음대로 날고 싶은 대로 날아가고 싶었다. 이혼한 여자가 무슨 할 말이 있느냐고 말하는 사람이 있다면 나는 비웃어주고 싶었다. 그러나 내 자신을 뒤돌아보니 어느새 내 나이 쉰을 훌쩍 넘겼다. 살아온 인생보다 살아갈 인생이 훨씬 적게 남았다. 고통 속에 있었던 그 세월을 무엇으로 보상한단 말인가?

사랑하는 딸 정화와 아들 민우, 그리고 나에게 안정된 삶을 영위하게 해준 고마운 내 동생 복희. 아침이면 햇살과 함께 참새들은 빨리 일어나 아름다운 자기들의 노래 소리를 들어 달라며 나를 깨우고, 저녁이면 풀벌레 소리, 귀뚜라미의 노래 소리를 들으면서 하루 일과를 정리하고 있노라면, 누군가에게 빼앗길까 봐 포근하게 그리고 편안하게 나를 감싸 안아주며, 온갖 시름들은 다 저희들 것인 양 빼앗아 가는 나의 친구 정원수들…….

봄이 오면 하얀 면사포와 드레스를 입은 철쭉이 예쁜 미소를 띠면서 퇴근길의 나를 반기고, 이에 뒤질 새라 진달래, 영산홍 꽃이 앞을 다투며 내게 달려와 나의 품에 안긴다. 여름이 오면 달맞이꽃과 수국, 장미 등이 저의 자태를 자랑이라도 하듯 멋진 모습으로 나를 즐겁게 하여준다.

나무들이 울긋불긋 여러 가지 아름다운 빛깔로 수를 놓아 우리들 마음을 설레게 하는 가을이 되면 국화꽃 향기 그윽한 냄새를 맡으며, 낙엽이 수북이 쌓인 정원에 앉아 있으면 눈가에 괜히 이슬이 맺힌다. 누군가에게 나의 이 행복한 마음을 전해주고 싶다.

눈이 내리는 겨울날엔 일편단심 언제나 푸른 옷만 고집하는 소나무, 향나무, 주목들이 정원을 지킨다. 우리 정원에는 사계절 내내 여러 가지 화사하고 영롱한 빛깔로 나의 가슴속에 스며들어 즐거움을 준다. 언제나 내 마음을 즐겁게 해주는 아름답고 예쁜 나의 집, 이젠 살아온 세월보다 살아가야 할 시간이 더 짧은 것 같은 나의 삶이다. 유수같이 흘러가는 무심한 세월이 마냥 아쉽기만 하다.

더 이상 가슴 아픈 일은 없을 거야. 나는 이렇게 다짐하면서 흘러가는 세월을 붙잡아 두고 싶다. 그래서 아름답고 예쁜 나의 집에서 언제나 소녀처럼 소박한 행복을 맛보면서 즐거운 삶을 살고 싶다.

(2003. 9)

막내 제부

"아니 이 서방 왜 그래? 갑자기 다리를 왜 절룩거려? 어디 다쳤어?"

차에서 내리며 다리를 절룩거리는 제부를 보자 우리는 깜짝 놀라서 물었다.

"쉿! 아무 말씀 마세요. 여긴 장애자 주차장이거든요. 비장애인이 여기에 차를 세우면 벌금이에요. 지금 이곳 외엔 차를 세울 곳이 없거든요. 그러니 여기라도 잠깐 차를 세울 수밖에요."

동생들과 나는 기가 막혀서 말이 나오지 않았다. 그저 깔깔거리며 웃을 수밖에 없었다. 며칠 전 서해대교 휴게실에서 차를 주차시키면서의 일이다.

7남매 중 5남매가 서울에서 살고 있는 우리 형제자매들은 툭하면 모여서 이곳저곳 먹을거리 볼거리를 찾아 여행을 다니곤 한다. 그 중 막내 제부는 정말 재미있는 사람이다. 우리 집안에서는 이 제부 때문에 웃음 그칠 날이 없다.

동생과 결혼하기 전 처음으로 우리 집에 인사하러 왔을 때의 일이다. 한동안 이야기를 하다가 화장실에 간 제부가 한 시간이 넘도록 나오질 않아 이상하게 생각한 우리들은 동생보고 무슨 일이 있는지 화장실에 가보라고 하였다. 그런데 화장실에 간 동생이 그곳에 제부가 없다는 것이 아닌가? 이상하게 생각한 우리는 화장실로 가보니 있어야할 사람은 없고 화장실이 깨끗하게 청소가 되어 있었다. 이튿날 제부를 만나 자초지정을 듣고 온 여동생의 말에 우리는 배꼽이 빠지도록 데굴데굴 뒹굴면서 웃었다.

시골에서 자란 제부는 그때까지 수세식 화장실엔 한번도 가보지 않았단다. 서울 변두리에 살긴 살았어도 수세식 화장실이 딸린 집에서는 생활을 한 적이 없었던 모양이다. 그런데 우리 집에 와서 처음으로 수세식 화장실에 들어와 보니 하얀 사기그릇이 놓여 있는데 그것을 어떻게 변기로 사용하는지 알 수가 없었다. 동생을 불러 물어볼 수도 없고, 어떻게 볼일을 봐야 하는지 무척 난감하였단다. 그래서 생각한 것이 변기 위에 달랑 올라앉아서 시골식으로 볼일을 보면 되겠지 생각하고 올라앉았다가, 그만 미끄러져서 변기통 속에 빠졌다나? 변기에 빠졌으니 그 속의 오물이 가만히 있었겠는가? 화장실 여기저기에 오물이 다 튀었으니 얼마나 당황했겠는가? 누가 볼세라 급하게 수돗물을 끼얹어 대강 청소하고 오물 묻은 옷을 그대로 입고 도망치듯 살금살금 빠져나가 택시를 타려고 하니 냄새 때문에 택시기사한테 몇 번이나 거절당해 할 수 없이 개봉동에서 종암동까지 걸어서 갔단다.

그것뿐만이 아니다. 트렁크팬티가 처음 나왔을 때 싱가포르에 여행 갔을 때의 일이다. 아침식사를 하려고 식당엘 내려갔더니 팬티차림의 제부가 앉아 있는 것이 아닌가?

"아니, 웬 팬티 차림이야?" 우린 민망해서 물었다. 그러나 제부는 태연하게 대답하는 것이다.

"이 나라 사람들 어제 보니까, 전부 이런 반바지 차림이데요. 이게 팬티인지 반바지인지 알게 뭡니까?"

우리가 아무리 옷을 갈아입으라고 해도 막무가내였다.

또 이 제부의 말은 얼마나 느린지 듣기가 참으로 답답하다. 한마디 하고는 한참을 기다렸다 또 한마디, 이제 끝났는가 싶으면 또 한마디 한다. 성질 급한 나는 기다리지 못하고 언제나 제부 앞질러 내가 먼저 하고 싶은 말을 하고 만다. 내 말이 끝난 그때까지도 제부는 다음 말을 잇지 못하고 있다.

하지만 내가 우울증 걸렸을 때 전심전력을 다해 내 병을 고쳐주기 위하여 노력하였다. 경치 좋은 곳이 있으면 재촉해서 나를 데리고 가고, 맛있는 음식점이 있다고 하면 아무리 멀리 있어도 마다하지 않고 나를 데리고 간다. 유명한 의사가 있다고 하면 나를 권유해서 가서 진단받게 한다.

낙엽이 우수수 떨어지고 스산한 바람이 불어올 때면 내 걱정을 먼저 한다. 가끔은 다정한 연인같이 내게 데이트 신청도 하는 제부, 그런 제부에게 나는 나이도 잊고 소녀처럼 감상에 젖을 때도 있다. 낙엽을 밟으면서 재잘거리며 걷는 나에게 소녀 같다면서, 나의 고독을 들어주려고 노력하는 것을 나는 안다.

이 험한 세상을 마음 여린 우리 처형 어떻게 헤쳐 나가겠느냐면서 걱정이 태산이다. 그러나 그는 아직도 촌티를 벗지 못했다. 때로는 그 느린 말솜씨로 남의 감정은 생각지도 않고 불쑥불쑥 뱉어내는 말 때문에 속상할 때도 많다. 촌스러운 행동 때문에 웃지도 울지도 못하는 상황을 연출할 때도 있다. 지금도 장애인 주차장에다 주차를 하면 그것의 위법 여부를 떠나서 도덕성을 의심받는 행위라는 것을 깨닫지 못하고 있는 것이다. 그럴 때는 웃으면서 나는 따끔하게 한 마디 해준다.

미운 짓을 하는 데도 미워할 수 없는 사람이 가끔 있다. 막내 제부가 바로 그런 사람이다. 막내 제부는 내게만은 지극 정성이다.

어쨌든 난 막내 제부가 좋다. 형제들이 모인 자리에서 그도 그렇다고 공언한 바가 있다. 처형들 중 셋째 처형인 내가 제일 좋다고.

(2004. 10)

김옥춘

참외와 어머니

산골소녀의 동화童話

음악은 마음의 언어

참외와 어머니

어머님은 참외를 유난히 좋아하셨다. 남편은 지방으로 출장을 자주 간다. 출장을 간 날이면 귀경길에 참외 밭이 있는 고장에 들려서 싱싱한 참외를 한 상자씩 사가지고 돌아온다. 참외를 사가지고 오는 날이면, 밤늦게 귀가를 해도 어머님께 큰소리로 "저 돌아왔어요." 하고 알린다. 어머님은 기다리기나 하신 듯 내다보시고 "아범이 오늘은 많이 늦었구먼, 얼른 쉬어야지." 하시면서 눈길은 참외상자 쪽으로 향한다. 남편은 늦은 시간도 상관없이 어머님께 깎아 드리라고 성화다. 나는 못 말리는 모자母子라고 생각하면서, 밤중에 참외를 깎아서 어머님께 드린다.

어머님은 자랄 때부터 원두막에서 살다시피 하면서, 밥 대신 참외를 잡수셨다고 한다. 참외는 영양분이 없고 수분뿐이라고 내가 말할라 치면, 아니야, 여름이 지나고 나면, 참외 살이 뽀얗게 오른다고 말씀하시곤 하셨다. '세 살 버릇 여든까지 간다' 는 말이 참외를 좋아하시는 어머님을 두고 한 말 같다. 어머님을 뵈러 오는 형제들이나 친척분들이 참외를 사가지고 오면 제일 좋아하신다. 친정식구들이나 친구들이 방문할 때도 나는 참외를 사오라고 미리 귀띔을 하기도 한다.

근래에는 비닐하우스에서 재배를 하니까 맛도 더 달고, 사철 참외를 맛볼 수 있어 좋다. 어머님에게는 참으로 다행한 일이다. 어머님께서 병환이라도 나시면 우리 집 형제들은 겨울에도 어디서 구했는지 랩으로 포장이 된 참외를 사가지고 오곤 한다. 눈雪속에서 딸기를 구해 왔다는 옛날 효자처럼 되고 싶은 모양이다. 어머님은 자식들의 정성 때문인지 참외를 맛있게 드시곤 곧 병환을 회복하신다.

어머님의 참외 고르는 요령은 남다르시다. 노지 재배의 참외를 잘못 사면 맛이 없다. 그러나 어머님께서는 단 것을 잘도 고르신다. 참외 꼭지와 배꼽 부분을 요리조리 살펴보시고 코에 가까이 대고 냄새를 맡아보기도 하신다. 나는 참외 고르는 데는 숙맥이다. 내가 사온 참외가 달지 않아서 안쓰러워하고 있으면 "참외 맛이 이렇지 뭐, 달면 얼마나 더 달까?" 하시면서 맛있게 잡수신다.

나는 더 송구하기만 했다. 달지 않은 참외를 나는 잘 넘기지 못한다. 결혼 초 가끔 맛없는 참외를 먹게 되었을 때 울며 겨자 먹기로 먹은 적이 있다.

아이들이 자라면서 어머님의 참외 동지가 생겼다. 고기도 먹어 본 사람이 잘 먹는다는 말이 있듯이, 어려서부터 할머니 옆에서 통째로 코를 박고 먹으면서 자란 우리 아이들은 참외를 무척 좋아한다. 어쩌다 집안에 참외가 떨어지는 날이면 어머님은 어느새 나가서 잔뜩 사가지고 오시면서, "애들 먹여라." 하신다. 그러면 나는 한편으로는 죄송하고 한편으로는 웃음이 나온다.

사람들이 시부모님 모시기 힘들다고 하지만 내게는 그렇지 않다. 볼일이 있어서 외출을 해야 할 때는 미리 간식을 준비해 놓고 친구 분들을 부르시라고 하면 외출 허락을 쉽게 받을 수 있었다. 참외가 나오는 계절이면 나갈 때나 들어올 때 참외를 한 소쿠리씩 사다가 드린다. 나는 맘 놓고 외출해서 좋고, 어머님은 푸짐한 참외로 인해 마음도 넉넉해지신다. 아무리 어려운 시부모님도 성의를 다하면 마음을 열고 가까워진다는 것을 살면서 배웠다. 그러고 보면 삼십여 년 동안, 시고부 사이가 원만하였던 데에는, 참외도 한몫 했다고 생각한다. 때로는 어머님 기분이 언짢으실 때 나는 참외를 사다가 깎아드린다. 그러면 곧 풀리시곤 한다.

요즘에는 주로 노란 금싸라기참외가 많이 재배되는 편이다. 어머님은 옛날에 잡수시던 개골참외가 좋았다고 못내 아쉬워하신다. 나는 자랄 때 친구네 참외밭에서 친구들이랑 참외 서리를 한 적이 있는데, 그때는 주로 개골참외였다. 어둠 속에서는 잘 보이지 않지만 개구리 등처럼 푸른 줄무늬가 있는 개골참외는 쉽게 볼 수 있었다. 개골참외는 속이 붉은 것이 참외향이 유난히 짙었다. 한동안 개골참외를 생산하는 농가가 생겨나서, 어머님께서 좋아하셨다. 자랄 때 먹었던 향수 때문인지 개골참외를 찾는 사람이 꽤나 있었는데, 무슨 연유인지 근래에는 보기 힘들어졌다.

어머님은 말년에 입으로 음식을 못 드시고, 피딩튜브(feeding tube)를 통해서 묽은 죽을 넣어드려야만 했다. 나이가 많아지면 사람의 몸은 기능이 약해진다. 사람에 따라 차이가 있기는 하지만 대개 겪게 되는 비극이라고 생각한다. 평상시에 어머님은 몸살이 나서 입맛이 없을 때에도 참외만은 잡수셨다. 또 배가 살살 아플 때 참외를 잡수시면 가라앉는다는 말씀을 여러 번 하셨다. 어머님의 증세가 어느 정도인지 모르는 친척 분들은 여전히 참외를 사들고 병문안을 온다. 그렇게 체질에 맞고 좋아하는 음식을 앞에 두고도 못 잡수시는 것을 보니 참으로 안타까웠다.

어머님은 긴 시간을 잠만 주무셨다. 그러다가 어떤 날은 먼 여행에서 돌아오신 듯 아주 맑은 정신으로 눈을 반짝 뜨기도 하셨다. 그런 때에 내가 느끼는 감정은 아기가 처음으로 "엄마" 하고 불렀을 때나, 첫 걸음마를 했을 때의 경이로움 같은 것이다. 그러기를 몇 달이 지난 어느 날부터, 어머님의 정신력인지 아니면 시간 맞추어 드리는 약의 효능인지, 부드러운 음식을 조금씩 넘길 수 있을 정도로 회복이 되셨다. 아이스크림이나 걸쭉하고 달콤한 요구르트 같은 것을 드리면 맛있게 받아 잡수셨다. 나는 진담 반 농담 반으로, 어쩌면 앞으로 참외를 잡수셔도 되겠다고 너스레를 떨었다. 문병차 들렀던 막내 시동생이 그 말을 듣고, 슬그머니 나가더니 참외를 사가지고 들어왔다. 출장 나온 가정간호사에게 어머님의 증세가 호전되었음을 자랑삼아 말했다. 간호사도 좋아 보인다고 하면서 음식을 드리는 것은 괜찮지만, 사래가 들리기 쉬우니까 조심해야 한다고 일러주었다.

다음날 어머님은 하루 종일 깨어 계셨다. 참외를 가져다가 눈앞에 보여드리면서 "참외 드릴까요?" 했더니 고개를 끄덕이신다. 참외를 반으로 갈랐다. 그리고 씨를 발라내고 숟가락으로 살살 긁었다. 어머님의 얼굴을 보았다. 내 손놀림을 바라보시는 눈빛은 잡숫고 싶은 표정이 역력했다. 숟가락으로 곱게 긁은 것을 입에 넣어 드렸다. 어머님은 입을 벌리고 어미제비에게 먹이를 받아먹는 새끼제비처럼 수저에 담겨 있는 참외 긁은 물을 입을 벌리고 받아서 오물오물 하셨다. "맛있어요?" 하고 여쭈었더니 고개를 끄덕끄덕 하시며 미소를 짓는다. 그 때 나는 오랜만에 어머님의 행복한 모습을 보았다. 참외 맛을 잃지 않아서 다행이다. 입에 맞는 음식을 먹는 동안 불행한 사람은 아마 없을 것이다. 좋아하는 참외를 입에 넣고 오물오물 하시면서 만족스러워하는 어머님의 표정을 보는 나도 입안에 군침이 고였다. 앞으로 더 많이 회복이 되어서, 참외만이 아니라 달콤하게 맛을 낸 커피도 드리고 싶었다. 평소에 좋아하시는 음식을 혀끝의 미각을 통해 맛을 음미할 수 있었으면 좋겠다는 욕심을 내기도 했다. 그 때 입안에 있는 것을 꿀꺽하고 소리를 내며 넘기는 순간 사래가 들리신 모양이다. 식도食道로 넘어가야 할 참외물이 기도氣道로 넘어간 모양이다. 사래가 얼마나 심한지 얼굴은 붉다 못해 검게 변하셨다. 숨이 멎는 줄 알고 나는 크게 놀랐다. "어머니 죄송해요."라는 말만 나는 연발했다. 그 이후로 두번 다시 참외를 드리지 않았다. 아니 겁이 나서 못 드렸다. 그날이 어머님께서 평생을 좋아하시던 참외를 마지막으로 맛보신 날이다.

이제 우리 집 형제들은 겨울에 참외를 찾지 않아도 된다. 요즈음 제철이라서 과일가게마다 참외가 수북수북 쌓였지만, 아무도 어머님을 위해서는 참외를 사지 않는다. 흉보면서 닮는다는 말이 있는데 나의 식성도 어머님 당신을 닮아 가지만 어머님은 더 이상 이 세상에 계시지 않는다. 시장 가는 길에 내 발길은 어느새 과일가게 앞에 서서 보기 좋게 진열된 참외를 바라본다. 노랗고 잘 생긴 참외 위에 어머님의 모습이 오버랩 되면서 목이 아려온다. 눈을 감아본다. 더욱 또렷이 다가온다. 사람과 사람의 만남이 영원할 수는 없겠지만, 남남에서 부모와 자식의 관계로 만나 희비애락을 함께 했던 시간만큼 아쉬움도 많다. 세월이 아무리 많이 흘러도 어머님이 좋아하시던 참외를 보면 가슴 깊이 숨겨져 있던 어머님에 대한 그리움이 옹달샘의 샘물처럼 솟아난다.

(2004. 6)

산골소녀의 동화童話

일출을 보려고 새해 아침 동해안으로 인파가 몰린다는 뉴스를 보았다. 아침 해맞이라면 내가 자랄 때 해 뜨는 언덕 바로 위에 우리 집이 있었기 때문에 텔레비전을 보면서 해 뜨는 광경보다 고향의 언덕이 더 선히 눈에 들어온다.

나는 초등학교 5학년 때부터 동해바다가 내려다보이는 작은 산동네에서 살았다. 집은 겨우 네 채뿐이었고, 그나마 띄엄띄엄 떨어져 있어서 조용하다 못해 적막함에 처음 이사 왔을 때는 무섭기까지 했다. 그러나 아침에 일어나 집 뒤로 돌아가면 아침 해는 이글이글 불타는 듯이 바다 위로 떠올라오곤 했다. 수평선에서부터 떠오르는 아침 해를 맞이할 때마다 느낌이 새롭고 경건함마저

들었다. 용광로처럼 붉게 타오르는 태양이 바다를 붉게 물들이면서 서서히 떠오르는 순간은 태양의 거대하고 장엄함에 압도당하지 않을 수 없었다. 참으로 황홀한 순간이었다. 적막함 따위는 어느새 말끔히 잊어버리고 만다. 종일 출렁이는 푸른 바다, 아침마다 맞이하는 장엄한 일출을 보면서 나는 말로 표현하기 힘든 감동을 경험하곤 했다.

아버지께서 누군가에게 사기를 당해서 조상대대로 살던 집을 남에게 뺏기고 이사를 온 곳이 바로 그 산동네였다. 자식이 없는 작은할아버지는 오랫동안 고향을 떠나 살다가 연세가 높아 활동하기 어려워지자 조카를 의지해서 고향으로 돌아오셨다. 아버지는 산등성이에 터를 닦고 작은할아버지 내외분이 살 집을 지어드렸다. 할아버지와 할머니는 밭농사를 지으면서 몇 해 동안 살다가 돌아가셨다. 두 분 모두 돌아가신 뒤 한동안 비워두었던 집에 아버지는 이삿짐을 옮겼다. 할머니 계실 때 몇 번 다녀갔던 기억이 있어서 아주 낯설지는 않았다. 몇 살 때인지는 몰라도 한해 여름에 학질을 앓았다. 하루는 추워서 떨고 하루는 멀쩡했는데 그것이 학질이란다. 어머니 등에 업혀서 낯선 동네를 지나 산을 몇 번 넘어 외딴집에 사는 할머니한테 엉덩이에 쑥으로 뜸을 뜨러 다녔던 기억이 난다. 쑥뜸이 타 들어가서 뜨거워지자 손에 들려준 무엇인가를 내동댕이치면서 마구 울었던 기억이 난다. 할머니는 그것을 내동댕이쳤기 때문에 이제는 나을 거라고 하셨다. 그

때 무서웠던 할머니가 살던 집이고, 먼저 살던 집보다 작고 마음에 들지 않았다. 그리고 학교도 멀고 이웃에 친구가 없어서 마음속에 불만이 많았지만 투정을 할 수도 없었다. 아버지와 어머니의 걱정과 한탄을 어린 나이에도 어렴풋이나마 눈치채고 있었기 때문이다.

그러나 우리가 살기 시작하면서 그 집은 꽤 괜찮은 집이 되었다. 아버지는 집 이곳저곳을 손질하시고, 꽃을 좋아하신 어머니는 마당가의 화단에 꽃씨를 뿌리고 뒤란에는 꽃모종을 옮겨 심어서 먼저 살던 집처럼 가꾸셨다. 나는 그 때 피던 꽃들이 지금도 좋아서 우리 집 옥상에는 장독대를 만들고, 화분마다 분꽃이랑, 채송화, 봉숭아 등의 각종 화초를 심어놓고, 고향집 마당에 앉아 있는 기분을 내기도 한다. 산동네는 화단의 꽃이 아니어도 집 주변에는 들꽃이 계절마다 쉼 없이 피어나고, 달이 있는 밤에 마당에 나오면 건너편 밭의 메밀꽃이 하얗게 보여 눈이 내린 듯 착각하기도 했었다. 외양간 지붕 위의 박꽃은 별을 닮았고, 둥그렇게 커지는 박은 달을 닮았다고 생각을 했다. 마당가에는 한 그루 밖에 없는 감나무지만 감꽃이 올망졸망 피었던 가지에 빨갛게 익어가는 감을 보면서, 여러 종류의 과일나무가 있는 옛집을 그리워하기도 했다. 겨울이면 바다와 산이 인접한 지역이라서 그런지 눈이 얼마나 많이 내리는지 마당가에 쌓여 있는 눈더미에 굴을 파고 동생과 들어가서 놀기도 했었다. 처음엔 마음에 들지 않았던 집이지만 식구들의 손길로 따뜻하고 편안한 보금자리가 되어 정이 들 무렵, 아버지는 당신의 잘못으로 인해서 재산을 잃게 된 것을 자책하시며 괴로워하다가 병을 얻어서 세상을 떠나고 말았다. 쉰둥이로 얻으신 금쪽같은 아들의 장래를 염려하시고, 예쁜 딸은 높은 학교까지 보내서 좋은 신랑 만나야 되는데 하면서 아침마다 머리를 곱게 빗겨주시면서 걱정을 하셨다. 그때 동생은 네 살이었고 나는 열세 살이었다. 어질기로 소문난 아버지의 이름 앞에는 법 없이도 살 사람이라는 수식어가 항상 붙어다녔다. 이제와 생각해 보면 아버지 같은 분은 법 없이는 못 사실 분이다. 아버지는 법이 보호를 해주어야만 세상을 살 수 있는 분이었다.

외갓집이 있는 재 너머 동네에는 여러 채의 집들이 있고 사람도 많이 다니지만 조용한 산길이 더 좋았다. 산길은 심심하고 어두워지면 무섭기도 하지만 두 갈래 길에 서면 나는 언제나 지름길을 택한다. 봄이면 원추리 꽃이랑, 언니가 시집갈 때 입었던 치마같이 고운 색 진달래가 무더기로 피어 꽃동산을 만들고, 여름에도 갖가지 들꽃들이 다투어 피어났다. 가을에 피는 들국화의 연보라 꽃 색을 나는 유난히 좋아했다. 그 산길의 들국화는 얼마 전에 하늘공원에 억새를 보러 갔을 때 보았던 길옆에 지천으로 피어있던 구절초라는 들국화하고는 그 느낌이 다르다. 들국화를 "산중에 외로이 피어 있는 기품氣稟이 그윽한" 꽃이라고 한 작가의 말이 생각난다. 집에 오는 길에 한가로이 피어 있는 들꽃무리 앞에 앉아서 주절주절 이야기도 하고, 작은 꽃잎들의 향기를 맡아보기도 하면서 친구가 없는 산길을 꽃과 바람과 산새들과 나비와 이야기를 나누면서 혼자 걸어다녔다. 그리고 미래에 대한 갖가지 상상의 날개를 폈다. 그 길은 나의 꿈과 이상을 키워주었지만 담력을 키워주기도 했다. 길 중간쯤에 동네사람들이 장례식 때 필요한 물건을 보관해 두는 곳집도 있었다. 학교에서 늦은 날 달을 친구삼아 걷노라면 구름이 달을 가릴 때가 있다. 나는 걸으면서 생각을 한다. 내가 살아가는 길도 구름이 달을 가리듯이 어두울 때가 있고, 구름이 걷히듯이 다시 밝아질 때도 있을 거야. 나의 미래는 어떤 일이 기다리고 있을지 모르지만, 어쩐지 나의 앞날은 밝은 날이 많을 것 같은 상상을 하면서 걷다 보면, 어느새 곳집을 지나쳤는지도 모르게 우리 집이 보이는 산등성이에 당도하고는 했다.

어느 해 겨울 첫눈이 내리던 날 기차에서 내려 눈 덮인 산길을 걸어서 집으로 돌아오는 중이었다. 두 사람이 걸어간 발자국 네 개가 있었다. 누구일까? 우리 집에 오는 손님은 아닐 거야. 그래도 궁금해서 급하게 발자국 뒤를 좇았다. 발자국은 우리 집이 가까워지는 곳까지 이어져 있었다. 그곳은 외딴길이어서 사람의 왕래가 드물었지만 나는 등하교 때 이 지름길로 다니기를 좋아했다. 눈길에 앞서간 발자국을 따라 빠른 걸음으로 집 가까이 오자, 키 큰 소나무길이 끝나는 지점에 검정교복을 입은 남학생 두 명이 눈 위에 발끝으로 그림을 그리며 우리 집 쪽을 보고 있었다. 기차통학 할 때 기차 안이나 역에서 자주 마주치던 남자학교 학생들이었다. 꽤 먼 지역에서 기차로 통학을 하는 남학생들이 가끔 역에서 기차를 기다리는 중에 다가와서 집적거리는 것이 싫어서 피하곤 했는데 그곳에 서 있는 것이었다. 나는 대뜸 "어떻게 알고 왔어? 와 봐야 우리 집은 초가집이야!"하고 퉁명스레 말했다. 그러자 한 애가 "야, 너 보러 왔지, 너희 집 보러 왔냐?"라고 대꾸를 한다. 잘생기고 얌전한 학생은 가만히 있고, 기차역에서 통학증도 없이 다니다가 역무원한테 들켜서 혼나는 것을 몇 번씩 보았던 녀석이 그렇게 말을 했다. 모자도 삐뚜름하게 쓰고 걸음걸이도 건들거리는 것이 마음에 들지 않던 녀석이지만 순간 나는 우리 집을 들켜버린 것이 창피한 생각이 들었다. 그러나 그 말 한마디가 어찌나 멋지게 들리던지 그날 나는 두 남학생들과 눈 덮인 산길을 되돌아가서 마지막 기차를 타는 것을 보고 늦게 집에 왔다. 누가 볼까 봐 조마조마했던 그날의 일이 지금은 아름답게만 기억된다.

아버지께서 돌아가시고 어머니는 우리 남매를 위해서 고생을 많이 하셨다. 나는 또 나대로 하고 싶은 것도 많았고, 마음에 들지 않는 것도 많았다. 어느 날 나는 어머니의 가슴에 기어코 굵은 못을 하나 박고야 말았다. 졸업을 앞두고 학교에서 진학상담을 한 후에 며칠 동안 벼르고 별러서 대학에 가고 싶다는 말을 꺼냈다. 집안 형편을 뻔히 아는 나는 교육대학은 2년만 다니면 교사가 되어서 동생의 공부는 책임질 수 있다는 전제하에 어머니를 졸랐다. 어머니는 잠자코 계시더니 돌아가신 아버지를 원망하셨다. 나는 오랫동안 가슴속에 묻어두고 참았던 말을 뱉고야 말았다. "엄마는 바보야? 아버지가 집을 파는 것도 모르고, 또 집을 판돈을 송두리째 남한테 뺏기다시피 하는 것도 몰랐단 말이야? 그건 엄마한테도 책임이 있어." 하며 따지고 들었다. 어머니는 "어미도 자식이라고는 달랑 둘 뿐인 걸 남 못지않게 키우려고 하느라 했다만, 네가 이젠 컸다고 그런 소리를 다 하는구나." 하면서 몹시 서운해 하셨다. 그랬다. 그때는 윗동네 아랫동네 합쳐도 여자애를 고등학교에 보내는 집은 몇 없었다. 평소에 학교에 다니는 나를 두고 이웃사람들이나 친척 분들이 곱지 않게 말을 하면, 어머니는 세상이 많이 변해서 앞으로 여자도 배워야 된다는 말씀을 하시곤 했다. 어려운 형편에 여자애가 고등학교 다니는 것도 이러쿵저러쿵하는데 언감생심 대학을 가겠다고 했으니 나는 눈치도 없는 철부지였나 보다. 그날 어머니는 당신 서러움에 울고, 나는 내 서러움에 울고 이래저래 우리 모녀는 많이 울었다.

그 해 대학을 포기하고 취업을 하여 도시에 나가 있을 때, 동네 친구가 우연히 우리 집에 들렀다가 어머니의 병환이 위중하다고 인편에 편지를 보내왔다. 그날 밤 뒤숭숭한 꿈자리 때문에 잠을 설치고, 다음날 첫차를 타고 집으로 향했다. 산동네에는 가을이 한창이었다. 며칠 후에 내게 닥칠 그 어떤 슬픔의 그림자도 느낄 수 없는 평화스런 풍경이었다. 오르막길 내리막길을 빠르게 걸어서 집에 도착했다. 어머니는 나를 보자 반가워하면서도 일어나지는 못하셨다. 평상시에 위장병을 자주 앓으신 어머니의 병이 얼마나 깊었는지 동생은 어려서 몰랐지만 나도 몰랐다.

직장동료에게 편지를 썼다. "영아씨, 고향집으로 향하는 산길에는 여전히 들국화가 나를 반겨주네요. 언젠가는 내가 사는 아름다운 동네를 보여주고 싶어요. 내일은 시내에 나가서 엄마 약을 지어와야겠어요." 그때까지도 동료에게 들국화 타령이나 하는 나는 철딱서니 없는 딸이었다. 그러나 그 편지는 부치지 못한 채 내 낡은 앨범 속에 지금도 그대로 있다. 그 편지를 쓰고 난 다음 다음날 어머니는 철부지 남매를 두고 눈도 감지 못한 채 아버지 곁으로 가셨다. 그 때 어머니 나이 쉰다섯이었다. 어머니 장지에서 제기차기를 하면서 놀던 동생의 손을 잡고 돌아오는 길에 피어 있는 들국화는 가여운 사람이 죽은 영혼이 꽃으로 피어나는 것 같아 외롭고 추워 보였다.

훗날 떠나온 고향집을 말할 때면 나는 바다가 보이는 언덕 위의 하얀 집이라고 말하곤 한다. 고향집을 생각하면 달빛 아래 토담과 박꽃이랑 메밀밭이랑 모든 것이 하얗게만 기억이 되는 것이다. 결혼을 하고 남편과 아이들이랑 그곳에 갔다. 남편은 아내를 이해하는 데 도움이 될 것이고, 아이들에게는 엄마가 자란 환경을 보여주고 싶었다. 때로는 부유한 환경이 나약한 인간을 만들기도 하고, 어려운 환경 속에서도 꿋꿋하고 성실한 사람으로 성장할 수 있다고 생각하고 있었다. 그러나 바다는 여전히 푸르고 언덕 위의 소나무도 잘 자라는데, 내가 살던 집은 이미 간 곳 없고 그 일대는 과수원으로 변해서 사과나무가 많이 심어져 있었다. 그 이후 나는 바다가 보이는 언덕 위의 하얀 집을 내 가슴에 담고 살았다.

누군가 지나간 것은 그리워한다고 말했다. 내가 그리워하는 것은 부모님과 함께 살았던 그 시절이다. 부모님은 내게 많은 것을 남겨주셨다. 함께 했던 시간들은 짧을지 몰라도 평생을 써도 모자라지 않도록 내게 많은 것을 주고 가셨다. 나에게 건강한 정신과 건강한 신체로 긍정적인 삶을 살 수 있도록 가르쳐 주신 부모님을 늘 고마워하면서 살고 있다. 시대의 변화를 예감하고 여자도 배워야 된다는 어머니의 선견지명이 있었기에 훗날 못다 한 공부를 할 수 있었다. 혼자는 외로울까 봐 서로 의지할 동생을 주고 가셨다. 어떤 친구는 내 사는 모습이 소설 같기도 하고 동화 같기도 하다고 말했다. 내 삶이 그렇게 보였다면 두 가지 중에 동화 같다는 말이 더 마음에 든다.

내 나이 이제 계절로 치면 가을의 막바지에 온 것 같다. 나의 봄은 춥고 외로웠지만 잘 참아냈다. 겨울추위를 견디어 내고 이랑마다 훈풍에 출렁이는 보리처럼 나는 늘 푸르름을 잃지 않고 살아왔다. 가을은 결실의 계절이라고 한다. 앞으로 춥고 외로운 이들에게 가능한 힘이 되어 주고 싶다. 그것이 나의 아름다운 결실이 아닐까? 아름다운 가을을 위하여 몇 번이고 나는 지난날을 돌이켜본다. 늘 새롭게 다짐을 하기 위해서다.

(2005. 1)

음악은 마음의 언어

'고구려' 라는 노래를 들었다. 요즈음 새로 나온 노래다. 제목만 들어도 무엇을 시사하는 노래인지 알 수 있을 것 같다. 언젠가 '독도는 우리 땅' 이라는 노래가 나왔을 때, 어른 아이 할 것 없이 즐겨 불렀던 때가 있었다. 부르면서 나라사랑하는 마음이 더욱 간절했던 것을 느꼈다. 월드컵을 치르면서 응원가를 통해 마음과 마음이 하나가 되는 모습을 우리는 경험하였다.

취미가 무엇이냐는 질문에, 흔히들 독서나 음악 감상이라고 말하던 시절이 있었다. 나 역시 그랬다. 한때는 클래식을 좋아한다고 말하기도 하고, 다른 때는 팝송을 좋아한다고 말하기도 했지만, 지금은 장르에 관계없이 듣기에 편안한 음악이 좋다.

내가 어렸을 때는 시골이라 그런지 라디오도 퍽 귀했다. 농악패들이 두드리는 꽹과리, 징, 북과 같은 소리나, 달밤에 누군가 불던 통소의 구성진 가락이 멜로디와 박자의 감각을 알게 해 주었다. 봄이면 이웃집 오빠가 버들가지를 잘라서 피리를 만들어 불면, 나는 민들레 꽃대를 잘라서 쓴 물을 뱉어내고 삐리리 삐리리 불기도 했다. 서양악기 소리를 처음 들은 것은 초등학교에 입학하고 나서였다. 한 주일에 한번 들어 있는 음악시간에 선생님께서 발로 페달을 밟으면서 치시던 풍금소리가 고작이었다. 추녀 끝에 광석라디오를 달아놓고 라디오를 장만한 집에서 전파를 보내주면 들릴 듯 말 듯한 소리를 듣기 위해 귀 기울이던 시절이었으니 제대로 음악을 듣기는 참 힘든 때에 나는 자랐다.

중학교에 다닐 때 학교를 오가는 길에 비행장이 있었다. 그곳 공군부대에서 스피커를 통해서 장병들에게 들려주는 노래이지만 내 마음을 흐뭇하게 적셔주는 음악이 많았다. 논둑길을 타박타박 걷고 있는 내게 바람 따라 흘러와 달콤하게 머물곤 했다. 기분이 좋은 날은 좋은 대로 우울한 날은 우울한 대로 음악은 내게 위안이 되었다. 지금도 그때 들었던 음악을 들으면 소녀시절의 기분으로 되돌아가기도 한다.

근래에는 베토벤이나 모차르트 같은 천재적인 음악가들이 잘 나오지 않는다고들 한다. 과학이 발달하고 물질문명이 넘쳐 나서 그렇다고 한다. 아마도 환경이 오염되고 그에 따라 인심이 각박

해진 탓이 아닐지. 그러나 그렇게 염려할 필요가 없다는 생각도 든다. 이 시대는 이 시대에 맞는 음악들이 또한 출현할 테니까 말이다.

언젠가 피아노 연주회에 갔을 때였다. 연주자는 공연을 시작하기 전에 관객들로부터 이미지를 재현하는 몇 가지 음을 신청받아서 즉흥적으로 표현해 주었다. 신청한 이미지 중에서 지금도 기억에 남는 것은 연꽃잎 위에 구르는 빗방울소리였다. 또르륵 또르륵 하는 빗방울 소리를 피아노의 선율로 표현을 해 주었다. 정말 자연의 소리를 너무나 실감나게 표현해 주어서 우리 모두는 놀랐다. 분홍색 연꽃잎 위에 구르는 빗방울 소리를 듣는 듯했다. 그로 인해서 그날의 연주는 객석의 관중들과 연주자는 하나가 된 느낌을 받았다. 두 시간의 연주는 금방 지나간 것 같았다.

요즘 부모들은 아이들의 정서 함양을 위해서 악기 한두 가지는 기본으로 가르친다. 나도 남매를 키우면서 어렸을 때부터 애들에게 피아노를 가르쳤다. 배울 때는 더러 꾀를 부리기도 했지만, 애들에게 음악의 귀를 열어 주었다 싶어 지금 생각해도 참 잘한 일이 아닌가 하는 생각을 한다.

얼마 전 유럽을 여행할 때의 일이다. 30여 명 되는 일행이 한국사람들이었지만 우리 내외만이 한국에서 갔고 나머지는 미국 이민자들이었다. 그 중 30년 전에 한국을 떠난 남편의 중 고등학교 선배를 만났다. 남편의 모자에 붙은 출신학교 배지를 보고 인사를 하게 된 두 사람은 기회만 되면 학교시절에 즐겨 부르던 응원가를 불렀다. 졸업한 지 40년이라는 세월을 뛰어넘어 추억 속의 학창시절로 돌아가곤 했다. 그분은 일행 중에서 연세가 많은 편이었지만, 항상 앞장서서 일행을 챙기는 분이라서 다들 편하게 선배님이라고 불렀다.

독일의 라인 강에서 유람선을 탈 때였다. 주변 경관의 아름다움에 흠뻑 취한 채 즐기고 있을 때, 누군가 저기가 로렐라이 언덕이라고 말했다. 그때 스피커에서 우리의 귀에도 익숙한 '로렐라이 언덕' 이 흘러 나왔다. 전설 속의 장소를 지나면서 그 음악을 들으니까 감회가 새로웠다. 우리 일행은 일정에 따라서 중간선착장에서 하선을 해야 하므로 준비를 하라는 안내방송이 있었다. 뒤이어 귀에 익은 선배님의 목소리가 들렸다. "여러분 지금부터 한국 사람들은 로렐라이 언덕을 같이 부르겠습니다." 하면서 그가 선창을 하자, 내릴 준비를 하고 있던 우리 모두는 "옛날부터 전해오는 쓸쓸한 이 말이……" 하고 불렀다. 하이네의 시를 우리말로 번역한 가사로 된 것이었다. 그때 배 안의 카페에서 맥주와 포도주를 마시던 외국인 여행객들이 잔을 들어서 환호를 보내주었다. 그 뒤 선배님은 아리랑을 부르기 시작했다. 우리는 누가 시키지 않아도 다 같이 불렀다.

나중에 그 선배가 나의 남편에게 하는 이야기를 듣고, 그분의 즉흥적인 행동을 이해하게 되었다. 선배님은 아들이 독일여자와 결혼하겠다고 하여서 며느리가 될 아가씨의 부모님을 만나러 독일에 갔을 때였다고 한다. 며느리 될 아가씨의 집은 독일의 전형적인 농가였다. 아가씨의 부모는 미국으로 공부하러간 딸이 모시고 온 사돈 될 선배부부와 신랑감을 보더니, 가족들과 부둥켜안고 엉엉 울더라는 것이다. 언어소통은 안 되고, 이유를 모른 채 난감해 하고 있을 때, 방 한쪽에 낡은 피아노가 보였다고 한다. 선배부인은 얼른 피아노를 열고 독일민요 중에 생각나는 로렐라이 언덕을 치면서 내외분이 같이 불렀단다. 그 노래가 끝나자, 울던 그쪽 식구들이 울음을 그치고 안도의 눈빛으로 다가와서 포옹을 하더라고 했다. 나중에 며느리가 될 아가씨에게 들은 말은 그쪽 부모들은 처음에는 코리아라는 나라가 어떤 나라인지, 또 어디쯤 있는지도 몰랐으며, 딸과 함께 나타난 사위와 사돈 될 부부가 중국사람인 줄 알았기 때문이라고 한다. 그때 중국은 공산국가였고, 딸의 앞날이 걱정이 되기도 했지만 무서웠기 때문이라고 하니, 노래가 아니었으면 오해를 풀기에 애를 먹었을 것이라고 말했다.

여행 중에 또 한 가지 잊지 못할 일은, 베네치아에서 곤돌라를 탔을 때였다. 선배는 악사와 가수가 동승하는 곤돌라를 신청해서 우리 내외를 같이 타라고 했다. 악사가 연주하는 반주에 맞추어서, 선배부부는 동승한 아마추어가수와 함께 노래를 불렀다. 화음이 아름다운 선배부부의 노랫소리는 베네치아의 바다에 멀리 멀리 퍼져나갔다. 주변의 곤돌라에는 중국인 관광객들이 많았고, 그들은 무척 즐거워했고 아낌없이 박수를 보내주었다. 선배부부는 기회만 있으면 화음을 맞추어 노래를 불러 일행들을 즐겁게 했다. 그것은 내가 꿈꾸어 오던 이상적인 부부의 모습이었다.

여행 중에 베네치아와 라인 강 유람선에서 노래를 불렀던 일은 나만이 아니라 같이 있었던 여러 나라 사람들도 오래도록 기억에 남을 것이다. 아리랑을 부르면서 코리안 송이라고 소개하는 선배의 말에 환호하던 그들의 즐거운 표정과, 우리에게 보내주던 따뜻한 눈빛을 나는 기억한다. 우리가 선착장에 다 내릴 때까지 배에 남은 사람들은 계속 손을 흔들어 주었다. 인사말을 주고받지 않아도, 마음을 열고 친구가 될 수 있는 것이 음악이구나 하면서 음악은 마음으로 주고받는 세계인의 공통언어라고 생각했다.

음악이 있으므로 사람과 사람 사이에 모든 벽이 없어진다면 참으로 아름다운 세상이 될 것이다. 한 곡의 노래로 순간에 활기를 불어넣기도 하고, 따뜻한 마음을 주고받기도 하는 음악은, 사람이 살아가는 동안 우리 곁에 없어서는 안 될 값진 예술이라고 나는 생각한다.

박귀숙

스키장에서 오는 길

하늘나라에 계신 할머니 생각하며

스키장에서 오는 길

애들 성화에 못 이겨 날씨가 흐린데도 불구하고 우린 스키장을 향해 떠났다. 기상예보에는 점점 더 추워진다고 했다. 올림픽 대로로 해서 양평을 거쳐 홍천 대명 비발디파크까지 거의 3시간이나 걸렸다.

벌써부터 많은 사람들이 발 디딜 틈 없이 북적대고 있었다. 이미 오전은 지나가 버려서 오후 티켓을 끊고선 점심을 먹기로 했다. 취향대로 설렁탕, 장국밥, 냄비 라면으로 선택해서 그런대로 맛있게 먹었다.

모두 스키를 대여 받고, 신발도 바꿔 신고 스키장 안으로 들어갔다. 지난번에는 애들만 타게 했는데, 이번엔 식구 모두 타기로 했다. 아들은 스노보드를 선택했다. 딸은 리프트를 타고 처음으로 출발지점까지 오르게 되었다. 초보나 다름없는 내게 딸은 열심히 스키 강습을 하면서 따라하게 했다. 생각보다 쉽지 않아서 몇 번이나 엉덩방아를 찧었다. 어린애들도 잘 타는데 나라고 못할 수 있나 하는 배짱으로 몇 번이나 넘어졌지만, 포기하지 않고 시도한 결과 그래도 조금씩 나아질 수 있었다.

애들은 이제 신이 나서 리프트를 타고 올라가 스키를 타고 내려왔다. 우리 부부는 걸어 올라가서 같이 타고 오기도 했다. 전혀 브레이크가 되지 않더니 요령을 배우니까, 조금씩 나아지고 있는 것 같아서 용기가 생겼다. 애들과 남편은 한 단계 높은 수준으로 가고 나 혼자만 남아서 초보 수준이지만 그래도 열심히 탔다. 허용된 시간이 다 지나 아쉬움으로 스키장을 나와야 했었다. 처음에는 눈 속이라 추워서 망설였는데 막상 스키를 타니까 온 몸에 열기가 나서 땀이 났다. 날씨도 점점 개여서 스키 타기에는 아주 좋은 날씨가 되었다. 우리는 다음 기회에 다시 오기로 하고 스키장을 빠져 나왔다.

스키장을 떠날 무렵에는 눈이 조금씩 날리더니 시간이 지나자 제법 쏟아지는 게 아닌가! 빠져 나오는 차들이 갑자기 많아서 입구까지 나오는 데 무려 1시간 이상이 걸렸다. 주위가 캄캄해지기 시작했다. 적설양이 아직은 많은 편이 아니고 직선 길이어서 그런대로 속력을 낼 수 있었다. 그러나 시간이 지날수록 기온이 내려가고 눈이 심하게 쏟아지기 시작해서 차의 속력을 낼 수 없었다. 애들은 배고프다고 야단들인 데 저녁 먹을 만한 곳을 찾을 수가 없었다. 차들은 전부 거북이처럼 엉금엉금 기어가고 있었다. 바깥 기온은 점점 내려가는지 차창이 얼어서 앞이 잘 보이지 아니했다. 이정표 보는 것조차 힘들었다. 이게 다 사서 하는 고생이 아닐까?

다행히 길 옆에 옥수수와 술빵을 파는 것이 보여서 그걸 사서 배고픔을 달랠 수 있었다. 애들은 배를 조금 채우더니 전부 잠에 곯아떨어졌다. 나도 슬슬 눈이 감겨 왔지만 나까지 잘 수가 없었다. 남편은 밤 운전이 서투른데다가 내가 이정표를 보아 주지 않으면 안 되기 때문이다. 이럴 줄 알았으면 장롱 속 깊숙이 넣어둔 면허증으로 연수라도 받아둘 걸 하는 생각이 간절했다. 장거리를 번갈아 가면서 운전하면 훨씬 힘이 덜 들 텐데, 남편은 절대로 운전 연수를 못하게 해서 나는 운전을 하지 못한다. 그 봐 고집 때문에 본인이 고생이지. 이 기회에 연수받을 수 있도록 좀 말해 봐야겠다.

교통 뉴스를 들으니 서울도 눈이 많이 와서 교통 체증이 심하다고 했다. 갈수록 길은 미끄러워지기 시작했고, 앞이 잘 보이지 않았다. 겨우 긴 터널을 지나 팔당으로 해서 올림픽 대로로 접어들 수 있었는데 속도를 전혀 낼 수가 없다. 앞을 잘 볼 수 없었기 때문이다. 딸은 옆에서, 아들은 조수석에서 자고 있어 자동차 전

면의 창을 닦을 수가 없었다. 큰 소리로 아들을 깨워 창을 닦게 했지만 잠결에 제대로 닦을 리 없다. 비상 깜박이를 하고서 느리고 서툴게 운전을 하고 있으니 뒤차들이 갑갑한지 경적을 마구 울려댔다. 그래도 침착하게 천천히 운전하는 것이 좋다고 나는 말했다. 어쨌든 무사히 여의도 근처까지 왔었는데 차선 변경을 미리 하지 못해 길을 한 바퀴 돌고 나서야 집까지 도착할 수 있었다. 거의 6시간 만에 온 것이었다. 여태껏 차를 탔지만 이번만큼 가슴 조이며 등에 식은땀을 흘린 적은 없었다. 가기 전에 차의 상태라도 철저히 점검했어야 했는데, 애들 성화에 1주 앞당겨 가느라고 그렇게 하지 못했다. 차 고장이라도 있었다면 어쩔 뻔했나 하는 아찔한 생각도 들었다. 어쨌든 몇 시간 스키 타려다 몇 배의 고생을 한 것 같다.

밤 11시가 넘어서야 집에 도착했다. 우선 라면을 끓여서 배고픔을 채우고 나니 스키장에 갔다 온 것이 마치 꿈만 같은 생각이 든다. 그때까지 참았던 피로가 일시에 몰려오기 시작했다. 이번 여행을 통해서 깨달은 것은 무엇이든지 철저히 계획해서 움직여야 한다는 것이다. 유비무환有備無患이라는 말이 있듯이 계획대로 행동에 옮겼다면 그 같은 고생은 하지 않았으리라는 생각이 든다. 다음날이 마침 휴일이라 가벼운 마음으로 잠을 청할 수가 있어 다행이었다.

하늘나라에 계신 할머니 생각하며

"할머니 운명하셨다. 서둘러 내려와라."

둘째 오빠의 음성이 전선을 타고 들려 왔다. 늦가을 토요일 오전이라 나는 마냥 여유를 가지고 집안 이곳저곳을 둘러보고 있을 때였다. 참으로 청천벽력 같은 소리였다. 할머니가 돌아가시다니! 갑자기 슬픔이 복받쳐 올라 그냥 참고 있을 수가 없었다. 지난번 보았을 때 아직도 정정한 모습이었는데 그렇게 쉽게 가시다니.

다른 때보다 열흘 앞당겨 아버지 생신을 치르셨다고 한다. 추수도 빨리 하자고 조르셔서 예년보다는 빨랐다고 한다. 이승을 떠날 차비를 혼자서는 하고 계셨는지 모른다. 추수를 끝내기가 무섭게 숨이 가쁘다며 병원에 가셨다고 한다. 그 길로 입원하신 것이 병이 위중하여 3일간 중환자실에 계시다가 그날 아침은 병이 많이 호전되어 일반실로 옮기려고 대기 중에 있었다. 오빠가 회사에서 야근 후 병원에 들렀다가 잠시 눈을 붙이려고 집에 간 사이 운명하셨다. 오빠는 눈도 채 붙이지 못한 채 위급하다는 의사의 전화를 받고 병원에 달려와 보니 그 사이 할머니는 운명하셨다는 것이다. 그러니까 오빠는 할머니의 임종도 못 하셨다고 했다. 오빠 또한 얼마나 마음이 아팠을까.

할머니는 젊어서 할아버지를 여의시고 외동아들인 아버지를 애지중지 키우면서 사셨다고 한다. 아버지는 할머니의 간절한 소망에 따라 일찍 결혼해서 오남매를 두셨는데, 거의 할머니가 다 키우다시피 하셨다. 우리 어머니는 집안 생계를 책임지고 있어서 돈 버느라 바빠서 며느리 구실도 못 하셨다고 한다. 관광 한번 못 보내셨다고 늘 안타까워 하셨다. 어머니는 과로한 탓인지 뒤늦게 병을 얻어서 앓아 누우셨기 때문에 할머니는 5년도 넘게 어머니 병수발을 도맡아하셨다. 병원 가시는 그날까지도 부엌일을 하시며 돌아가시기 전날까지도 아버지의 된장찌개 걱정을 하셨다니 그 정성을 짐작할 만하다.

할머니는 그 긴 세월동안 한번도 앓아서 누운 적이 없으셨다. 그래서 주위 사람들은 사정도 잘 모르고 복 많으신 노인이라고 하셨다는 것이다. 너무 할 일이 많아서 당신 자신의 몸을 돌볼 겨틀은 없었나 보다.

언니 오빠들이 도시로 가서 자취하며 공부할 때 할머니께선 그곳까지 따라 가서 손자 손녀의 뒤치닥꺼리를 해 주신 적도 있다. 지금 생각하면 철부지애들이 할머니에게 얼마나 괴로움을 끼쳤을까마는 한번도 그 수고로움을 괴로움으로 여기지 않으셨다. 그 손자 손녀들이 다 성장한 뒤에도 할머니의 은혜를 알고는 있었지만 할머니 한번 호강시켜 드리자고 말만 했지 제각기 바쁘다는 핑계로 그 흔한 효도관광 여행 한번 보내 드린 적이 없었다.

"지실이가? 오고 싶제?"

서울로 이사 와서 춥기라도 하면 걱정되어 시골로 전화할 때면 하시는 말씀이다. 구십이 된 연세에도 전화도 잘 받으시고 아들 며느리 조석 챙기며 지내셨다. 얼마간은 꿈속에서도 잘 보이더니 요즘 들어 통 볼 수 없다. 아마 이승을 떠나시려고 준비라도 하신 모양이다.

할머니 돌아가신 후 커다란 새 한 마리가 날아와 슬퍼하는 아버지 어머니를 위해 집 주위에서 맴돌며 울었다고 한다. 할머니께서 환생해서 오신 것처럼 생각해서 위안을 받았다고 했는데, 그 새는 우리 집을 지켜주기 위해 백 일 정도 있다 끝내 죽었다고 한다.

추운 겨울인데도 불구하고 장례일은 봄날처럼 포근했다. 앓아누워 계신 어머니를 일으켜 상복을 입혀 드렸다. 우리 식구 모두는 어머니를 부둥켜안고 슬피 울었다. 말 못 하시는 어머니는 얼마나 마음 아파했을까? 당신 병간호 때문에 할머니가 가시는 그날까지 편하게 지내지 못했으니까. 그래도 입관할 땐 가족들이 그 마지막 모습을 지켜보았다. 할머니는 인형처럼 예뻤다. 주름살도 하나 없이 예쁘게 화장한 모습이 아직도 눈에 선하다. 허리가 굽어서 반듯하게 누워 주무시지도 못했는데 관속에서는 편하게 주무시도록 반듯하게 펴 드렸다. 이제 긴긴 잠을 잘 수 있으리라 생각된다.

아버지께선 슬픔을 감출 수가 없어서 근 1년 넘게 문밖 출입을 하지 아니하셨다. 더군다나 몸이 불편하신 어머니를 위해 이제는 할머니 대신 손수 조석을 챙기고 집 살림을 도맡아 하셔야 하니 반백의 머리가 이젠 완전 백발이 되어서 우리들 마음을 더욱 애잔하게 만든다. 멀리서 있어서 가 보지는 못하고 안부 전화만 하면 아버지는 우리를 안심시키느라고 먹을 것 있고 방안에만 있는데 춥긴 왜 추우냐고 하신다.

할머니 산소가 집 뒤에 있어서 설날엔 딸아이와 소주 한 병 들고 할머니를 찾아갔다. 평소에 할머니는 소주를 좋아하셨기 때문이다. 잔디도 이젠 뿌리를 내렸는지 예쁘게 잘 자라 있었다. 봄날이 되면 할미꽃 한 송이 피어나서 우리를 반길 것만 같다. 어쩌면 뒷산에서 우리 집을 늘 지켜보고 계시는지도 모르겠다.

할머니! 할머니가 사랑해 주시던 손녀 귀숙입니다. 저승에 가서도 우리를 지켜봐 주시겠지요. 부디 좋은 곳에 가셔서 편히 지내시기를 바랍니다. 생전에 저희들을 늘 돌봐주신 것처럼 우리들을 항시 지켜봐 주시고, 잘못이 있으면 깨우쳐 주세요. 할머니로부터 받은 그 사랑을 우리들은 잊을 수가 없어요. 그 사랑을 항상 마음속에 간직하면서 이웃 친지들에게도 나누어 드릴게요.

(2005. 2)

제 4 편

송문자
정춘희
조애형

송문자

어머니

가을에 피는 들국화

어머니

일요일마다 텔레비전에서 방영하고 있는 '진품 명품' 프로를 나는 빼놓지 않고 시청한다. 국보급의 귀중한 고려청자나 이조자기도 볼 수 있거니와 요즈음은 잘 볼 수 없는 진기한 고가구들도 볼 수 있고, 그것들의 가치도 알 수 있기 때문이다. 언젠가 곳간의 열쇠가 나온 일이 있었다. 그것을 보는 순간 문득 돌아가신 우리 어머니 생각이 났다.

우리 어머니께서는 무남 독녀 외동딸로 태어나셨다. 내 나이로 계산해서 대강 헤어보니 지금으로부터 백이십삼 년이다. 재산이 넉넉한 양반 가정에서 엄한 가정교육을 받고 자라셨다고 한다. 십 세 되던 해에 두 살 위의 아버지와 만나 백년가약을 맺으셨고,

그 후 오남매를 슬하에 두셨다. 나는 우리 어머니께서 사십 세 되던 해에 막내로 태어났다. 그러니까 내 위로 오빠 두 분, 언니 두 분이 계셨다.

그 시대에는 남아 선호사상이 강해서 여아는 제대로 눈여겨보지도 않던 시대였다. 하지만 우리 어머니께서는 막내딸인 나를 사내애와 조금의 차별도 두지 않고 귀여워하셨다. 그 시대에는 여자들에게는 좀처럼 고등 교육을 시키지 않던 때인데도 불구하고 우리 어머니만은 그런 사고방식이 아니었다.

내가 학교에서 돌아오면 맛있는 것, 좋은 것만 골라서 내게 주신 생각이 난다. 지금 생각해도 우리 어머니는 시대를 앞서 가신 현부인이며, 자녀들에게는 항상 자상하고 인정 많으신 분이었다. 나는 어머니의 크신 도량을 도저히 따라갈 수 없다고 생각하고 있다.

어머니께서는 시집오자마자 집안의 큰살림을 다 맡아서 해오셨지만, 집안의 구석구석을 빠짐없이 챙기셨고, 이웃 사람에게도 늘 베풀며 사신 분이라고 했다. 주위의 모든 사람으로부터 존경을 받은 분이셨다고 한다.

어머니! 이 세상에 계시지 않은 어머니! 부르면 부를수록 솜이불처럼 따뜻하고 정겹게 나를 감싸주는 그 어머니! 이제 내가 아무리 불러봐도 그 다정한 목소리를 더는 들을 수 없다. 그리운 어머니! 내 나이가 여든이 지났는데도, 어머니 생각만 하면 그리움에 목이 멘다. 내 아들, 딸, 손자, 손녀들이 내 앞에 그렇게 많은데도 아직도 내 어머니를 그리고 있다고 하면 애들은 이상하다고 생각할지 모른다. 그러나 어머니에 대한 사무치는 그리움은 아무리 내가 나이가 든 대도 변할 리가 있겠느냐. 어머니의 그 정겨운 목소리는 내 가슴에 영원히 그대로 남아 있다.

지금 젊은 사람들은 보릿고개라는 말을 들으면 고개를 갸웃뚱할지 모른다. 듣기는 했지만 그런 일이 과연 있었을까 상상이 가지 않을 것이다. 그러나 일제 강점기를 거쳐 해방 전후를 살아온 사람들은 이 말의 뜻을 잘 알고 있다. 그만큼 온 국민이 가난에 허덕이고 있었다고 해도 좋다. 나의 어머니는 경제적으로 어려운 집으로 시집 오지는 않았지만 그때의 사정으로 우리 오남매를 기르시고 교육시키시느라고 참 고생을 많이 하셨다. 특히 우리 어머니는 자기를 위해 산 삶이 아니라, 오로지 남편과 자식들만을 위해서 사셨다.

내가 초등학교에 들어갔을 때 어머니는 내 가방이 너무 무겁다고 심부름하는 아이를 시켜서 들려 보냈던 기억이 난다. 그만큼 어린 내가 혼자 학교 가는 것이 애처로웠던 모양이다. 딸이지만 나를 아들 못지 않게 사랑하셔서 내가 원하는 것이라면 다 들어주셨다. 그리고 일주일에 한번씩은 학교에 오셔서 창 밖에서 공부하는 나를 오랫동안 지켜보아 주셨다. 공부가 끝난 후 선생님과 오래도록 이야기하시는 것을 자주 보았다. 나에게 대한 관심이 그만큼 크셨던 것이다. 나의 장래를 위해서 교육상담을 하신 것이다. 요즈음 말하는 치마 바람은 절대로 아니라고 생각된다. 어머니의 그 교육열 때문에 나는 초등학교를 우수한 성적으로 졸업했고, 한국 여학생으로서는 단 한 명 그 학교에서 고등여학교에 합격하였던 것이다.

합격 소식을 들은 어머니께서는 혼자만이 훌륭한 딸을 둔 것 같이 기뻐하셨고, 이웃 사람들에게 딸 자랑을 많이 하셨다. 여학교 일본 아이들한테 지기 싫어 열심히 공부했고, 마침내 전문학교도 우리 학교에서 나 혼자 합격이 되어 진학하게 되었다. 이 세상에서 어머니 혼자 잘난 딸을 둔 것같이 좋아하셨다. 고생하신 어머니께 조그만 보람이라도 드린 것으로 나는 위로를 삼았다.

내가 이십일 세 되던 해에 일본에서 유학하고 돌아온 지금 남편과 결혼식을 올렸다. 딸 셋은 다 좋은 신랑, 좋은 가정으로 시집을 가서 지금 모두 행복하게 살고 있다. 우리 오빠 두 분도 좋은 학교를 나와서 어머니가 원하시던 대로 좋은 규수와 결혼해서 남부럽지 않게 잘 살고 있다. 오남매가 다 어머니 바라시는 대로 결혼도 하고 사회적으로 출세도 했으니 지하에 계신 어머님은 웃고 계실지 모른다.

어머님을 생각할 때마다 육이오 전쟁 중의 피난생활이 떠오른다. 서울이 공산군 치하에 떨어졌을 때, 우리 온 가족은 봇짐을 지고 친정 어머님이 계신 충청도로 갔다. 뜨거운 여름, 얼굴은 까맣게 타고 아프리카 사람같이 되어 눈만 빤짝이면서 걷고 걸었다. 우리 다섯 식구는 사실 죽음을 각오하고 떠났던 것이다. 그때 막내딸은 겨우 백일 된 때였다. 마포 앞강을 건너다 남편은 발이 물에 빠져 신고 있던 운동화가 흠뻑 젖었다. 젖은 그대로 먼 길을 걷다 보니 발이 부르터서 물집이 생겨 더 걷기가 어려웠지만 걷지 않을 수 없었다. 절룩거리는 남편을 앞세워 어머니가 계신 집으로 들어섰을 때 어머님은 한편 놀라면서 한편 반가워하셨다. 우리는 어머님의 돌보심으로 비교적 편안한 피난생활을 할 수 있었다.

아침 네 시만 되면 어머님은 일어나서 무거운 열쇠 꾸러미를 허리에 차시고 짤랑짤랑 소리를 내며 이 곡간 저 곡간 다니시며 우리들에게 무엇을 먹일까 생각하시는 것 같았다. 곡간 문을 열어 보시고 광 문도 열어서 이것저것 꺼내시며 여러 식구 삼시 먹이시느라 고생하신 어머님의 모습이 눈에 선하다.

시집갈 때까지 밥 한번 지어보지 못하고 시집간 딸이 얼마나 고생할까 걱정하시던 어머니였다. 항상 행동으로 모범을 보이며 집안 살림하는 것을 가르쳐 주셨던 어머니, 시부모 잘 모시고 남편을 하늘 같이 받들고, 자식을 위해 헌신적으로 노력해서 최씨 집안을 일으켜 세우라고 하시던 어머니, 필요 없는 자존심은 버리고 항상 겸손하게 행동하며 여자로서의 책임을 다하라고 당부하셨다. 어머니는 집안 식구는 물론이고, 이웃 사람에게도 항상 베풀고 살라고 하셨다.

점심때가 되면 이웃 사람을 불러 뜨거운 점심을 잘 대접하시던 어머니였다. 나는 점심을 먹고 돌아가는 사람에게 식구들에게 주라고 싸 주시던 것도 여러 번 보았다. 그런 것을 보고 자란 나도 어머니를 닮아 남에게 대접하는 것을 좋아한다. 딸이 고생한다고 나를 장남한테는 시집을 보내지 않겠다고 고집을 피우시더니, 결국 나는 둘째 아들에게 시집을 오게 되었다. 어머니는 생각한 대로 나를 시집보냈다고 매우 좋아하셨다. 그러나 지금은 맏며느리 역할을 하고 있다. 후회는 하지 않는다. 조상을 모시는 것은 자식된 도리니까, 내가 그 역할을 맡아 하게 되니 오히려 마음이 흐뭇하다.

어머니는 일흔에 다시 돌아올 수 없는 머나 먼 길을 떠나셨다. 살아 생전에 효도 한번 못해 드리고, 감사하다는 말조차 한마디 변변히 못하고 떠나보내신 것이 생각하면 생각할수록 가슴이 아프고 후회된다. 더구나 나는 어머니 돌아가실 때 임종도 못했다. 남편이 군 법무관으로 종사하고 있을 때여서 어머니가 돌아가실 때는 우리들이 어디에 가 있는지 알 수가 없어 통지를 못했다고 한다. 어머님이 돌아가신 지 한참이나 지나서 알게 되어 나는 얼마나 서럽게 울었는지 모른다.

그리운 어머니! 현세에서 모녀의 인연을 맺어 이렇게 가슴에 사무치도록 그리움을 남겨 주었다면 내세에서도 다시 만나 모녀의 인연 잇기를 기원합니다. 지금 이 나이가 되어 어머니를 생각해도 그 품속에서라면 모든 근심과 걱정이 눈 녹듯이 사라지고 봄날의 포근한 솜이불처럼 가슴이 따스하게 느껴진다.

어머니! 우리 자식들은 어머님이 바라시던 대로 열심히, 그리고 성실히 살아가겠습니다. 살아가는 우리들의 모습을 천상에서 지켜보고 계시겠지요. 그 자식과 자손들이 행여 실수가 없도록 굽어 살피시고, 모두들 행복하게 살 수 있도록 도와주실 줄 믿습니다. 어머님의 큰 은혜는 절대로 잊지 않고 있습니다. 지극한 어머님의 그 정성이 없었다면 어찌 오늘의 제가 있을 수 있겠습니까.

아, 그리운 어머니! 사무치는 마음으로 다시 불러 봅니다.

가을에 피는 들국화

어린 시절 산과 들에 나가면 이름 모를 꽃들이 여기저기 헤아릴 수 없이 많이 피어 있는 것을 보았다. 대개는 꽃송이가 작지만 화단에서 자라는 꽃들보다 생기가 넘치는 것 같아서 좋았다. 예쁜 꽃은 한 송이 꺾어서 머리에 꽂기도 하고 어떤 때는 한 묶음 꺾어와 집의 화병에 꽂기도 한다. 꽃들이 지천으로 늘려 있어서 한두 송이 정도 꺾어도 미안한 생각이 없다. 비록 이름은 모르지만 나는 그 꽃들을 무척이나 좋아했다.

어느 날 나는 친구와 같이 산책을 나섰다. 잡초에 섞여 있는 들국화는 눈에 띄게 아름답게 피어 있었다. 흰색, 보라색, 붉은 색

등 여러 가지 색상을 가진 들국화는 웃으며 나를 반겨 주는 것 같았다. 꽃 가까이 다가가서 "너는 천사같이 순진하고 아름답구나" 하고 나는 어루만져 주기도 했다. 아무도 보아주지도 않고 가까이 가서 그 아름다움을 칭찬해 주는 사람도 없건만 꽃들은 서로 자태를 뽐내며 피어 있었다. 아름다운 그 모습을 나까지 보아주지 않고 그냥 지나친다면 들국화는 얼마나 쓸쓸히 남아 있을까 하고 생각했다.

우리 집 정원에 있는 꽃들은 우리들의 사랑을 온 몸에 받고 있건만, 들국화는 이름 모를 잡초에 섞여서 외로운 계절을 홀로 지키고 있는 모습이 너무 가엽고 안타까워 몇 송이 꺾어서 집으로 돌아왔다. 아끼던 꽃병에 꽂아 놓고 아침저녁으로 물을 갈아주며 오래오래 국화향기를 온 집안에 퍼지게 하고 우리에게 즐거움을 달라고 부탁을 하였다.

그러나 꽃은 시간이 갈수록 기운이 없고 색깔은 변하고 시들어 갔다. 송충이는 솔잎을 먹고산다고 했던가. 들국화는 아름다운 꽃병과 조석으로 갈아주는 나의 물이 넓은 들의 한 방울 이슬만 못한 모양이다. 들국화는 거센 바람과 이슬, 그리고 흙 냄새 속에서 제 멋대로 살아야 되었을 것을 모르고 꺾어서 화병에 꽂은 것이 들국화의 생명을 단축시킨 것 같아 한없이 미안하고 가슴이 아팠다.

시든 들국화를 종이에 싸서 양지 바른 언덕에 묻어 주었다. "들국화야! 너는 비록 시들어 땅에 묻히지만 너의 뿌리는 아직도 야산에 있단다. 그 뿌리에서 다시 잎이 피고 꽃이 돋아 내년 가을에 다시 만나자. 생기 있게 피어오른 너의 아름다운 자태를 보면서 사람들을 얼마나 즐거워하겠니." 야산 여기저기 피어 있을 들국화를 머리 속에 그리며 나는 쓸쓸히 언덕을 내려왔다.

정춘희

경영학 학사학위를 받고 나서

행복은 어려움과 함께

사랑하는 민숙에게

경영학 학사학위를 받고 나서

2004년 2월 23일 오후 3시, 교육문화회관을 들어섰을 때 '학점은행 5회 학위수여식' 이라는 플래카드가 걸려 있었다. 학위수여식이란 글자만으로도 나의 가슴을 설레게 했다. 졸업식이 오후이기 때문에 미리 사진을 찍어야 한다기에 가운을 빌려 입고 사각모를 쓰고 사진을 찍으려고 회관 밖으로 나갔다. 사진사가 보여주는 견본사진은 예쁜 여학생이었다. 나이 많은 여학생이 사각모를 쓰고 사진을 찍겠다고 서성거리는 모습이 어떻게 보였을까? 거울이 없으니 사각모 쓴 나의 모습이 궁금했다. 사진사가 시키는 대로 촬영을 끝냈다. 어머니가 계셨으면 내 사각모를 쓰게 하고 사진을 찍었을 터인데……. 동생이 졸업할 때 어머니는 내가 대학에 못 간 것을 몹시 마음 아파하셨다는 것을 기억하고 있다.

졸업식이 시작되었다. 단상에는 부총리 겸 인적자원부장관과 교육개발원장, 그밖에 내빈들이 우리들의 졸업식을 빛내주기 위하여 박사모를 쓰고 앉아 있었다. 남성합창단은 애국가를 부르고 이어 축가를 불렀다. 중후한 합창단의 화음은 우리들의 힘든 4년의 세월을 위로라도 하는 듯 마음을 포근하게 해 주었다. 식장 안은 축하하는 가족과 친지들로 가득했다.

교육개발원장님의 축사가 시작되었다. 나이 많아서 학업을 마친 우리들에게 많은 감명을 주는 축사를 해 주시었다. 앞으로 학점은행제에 관심을 갖고 입학할 분을 위해서 그날의 기쁨을 살리면서 자랑스러운 마음으로 여기 그 내용을 적어본다.

여러분이 이 자리에 도달하기까지의 노고와 오늘의 결실을 축하드립니다. 여러분 중에는 적령기에 고등교육 기회를 놓쳤거나. 중도에 그만두었다가 다시 학업을 시작한 분이 계시며, 각종의 자격을 소지하셨지만 학력사회의 차별로 인해 능력을 제대로 발휘하지 못하셨던 분도 계십니다. 여러분의 학위취득은 여러분이 이 시대가 요구되는 평생학습인임을 증명해 주고 있습니다.

자랑스러운 학위를 취득하신 학습자 여러분! 그리고 내외귀빈 여러분! 오늘날의 사회는 특정 대학을 졸업하였다는 타이틀보다는 본인이 가지고 있는 능력이 우선시되는 사회로 변화하고 있습니다. 여러분이 그 동안 연마해온 지식과 기술 습득은 여러분의 능력을 구현할 수 있는 기반으로 작용할 것입니다. 그 동안 노력하여 습득하신 지식과 능력은 개인적 차원에서뿐만 아니라, 국가적 차원에서 매우 중요한 발전의 원동력으로 작용할 것입니다.

오늘 여러분의 학위 취득은 배움의 끝이 아니라 새로운 시작입니다. 여러분 중에서는 오늘의 학위 취득에 만족하지 않고 또 다른 배움의 길을 계획하고 계신 분들도 많은 것으로 알고 있습니다. 부디 이제까지의 열정과 인내로 끊임없이 정진하셔서 평생학습사회를 건설하는 주역으로서 중추적인 역할을 훌륭히 수행하시기를 기대합니다.

감사합니다.

원장님의 축사는 많은 자신감을 주었다. 세상을 위해 무엇을 할 것인가? 마음은 둥둥 하늘을 날을 것 같았다. 졸업장수여와 함께 여러 가지 상이 수여되었다. 전체 수석상, 전문 학사 수석상이 수여되었고, 최고령자 특별상에 나의 이름이 호명되었다. 장애자와 어려운 환경을 극복한 사람 6명이 함께 단상으로 올랐다. 원장님은 키가 작은 나에게 상장과 상품을 수여하시느라고 허리를 깊숙이 굽힐 수밖에 없었다. 지금 사진을 보면 마치 내가 원장님에게 상을 주는 것처럼 보인다. 사람을 소중하게 대해 주시는 원장님의 따뜻한 마음이 그대로 느껴졌다.

대학을 졸업하는 특별상이라기보다는 지금까지 살아온 내 인생에 대해 큰상을 주는 것으로 생각되었다. 단상의 내빈들께서 나의 손을 잡아주며 축하의 말씀을 한 마디씩을 해 주셨다. 졸업식은 가족들과 내빈들의 뜨거운 축하 속에 성대히 끝났다. 나는 감격의 눈물이 쏟아지고 있는 것을 간신히 참고 있었다.

돌이켜보면 4년의 대학생활이 너무나 짧았던 같다. 대학을 가겠다는 결심을 한 것이 엊그제 같은 데 벌써 4년이 지났다니…….

4년 전 뒤늦게 대학을 다닐 결심을 하게 된 때를 뒤돌아본다. 왠지 집이 텅 비고 허전한 마음을 달랠 수가 없었다. 보람 있는 일을 해야지 하고 생각은 하고 있었지만 쉽게 찾아지지 않았다. 드디어 결심한 것이 대학 공부를 시작해 보겠다는 것이었다.

그때 나는 산본에 살고 있었다. 지역신문에 학점은행제 대학이 자세히 소개되어 있는 것을 보았다. 나의 눈은 무슨 계시라도 받은 듯이 그 곳에 머물렀다. 그날로 안양에 있는 대학에 가서 자세한 안내를 받았다. 고교 졸업증명서, 주민등록등본, 명함판사진 3장이 필요하다는 것이다. 사진을 준비해 가지고 입학원서에 기입할 것을 기입해서 대학의 평생교육원을 찾아갔다. 내가 들어서자 입학할 학생의 학부형이 온 줄 알고 "자제분 원서 사러 오셨어요?" 하고 물었다. 조금 부끄러운 생각이 들었지만, 용기를 내서 내가 입학하려고 왔다고 말했다. 처음은 약간 놀라는 듯하다 곧 표정을 바꾸어 반갑게 대해 주었다. "아, 그러세요. 대단하십니다." 하고 격려를 해 주었다. 그때 그분은 그 평생교육원의 원장님이었다. 내가 전공하고 싶은 학과를 선뜻 정하지 못하고 머뭇머뭇 망설이고 있자, 경영학과를 선택하는 것이 어떻겠느냐고, 그 동안 듣고 경험하신 것이 많아 공부하는 데 많은 도움이 될 것이라고 말씀해 주셨다. 입학시험 같은 것은 없이 전형서류만 넣고 나는 대학에 입학하게 되었다.

모든 대학이 이런 쉬운 절차로 입학한다면 아이들이 입시지옥에서 벗어날 수 있을 터인데 하는 생각이 들었다. 유럽이나 미국에서도 이처럼 간소한 절차로 입학할 수 있는지 궁금했다. 입학하고 보니 경영학과에 나보다 나이 많은 학생은 없었다. 내 아래 학생으로서 53세, 다음이 40세였다. 그 외는 이제 갓 고등학교를 졸업한 나이 어린 학생들이었다. 학점은행제 대학에 출강하는 교수님들의 강의는 모두 우수하다는 평판이 있어 기대도 컸다.

집으로 돌아와 그이와 함께 대학입학을 자축했다. 3월이 되어 수강신청을 끝내고 기대했던 강의가 시작되었다. 오리엔테이션이 있던 첫날, 가슴이 몹시 설레던 것을 잊을 수가 없다. 학생인 나보다 나이 많은 교수님은 없어 보여 조금은 쑥스러웠으나 차츰 익숙해질 것으로 생각되었다. 가끔 처음 보는 학생들은 내가 교수인 줄 알고 인사하는 일이 가끔 있었다.

대학생활은 날이 갈수록 즐거웠고, 교수님들과의 만남도 학우들과의 사귐도 내게는 큰 기쁨이었다. 들어보지 못했던 새로운 지식을 얻는 것도 좋았지만 공부하고 있는 내 자신이 그렇게 대견해 보일 수가 없었다. 공부하는 자세만 배워도 삶의 보람이 된다고 하신 어느 교수님의 말씀이 나에게는 깊은 인상으로 남았다. 내가 그 동안 얼마나 무계획한 생활을 했던가 하는 부끄러움을 알게 되었다. 대학생활을 멋지고 알차게 보낼 것을 다짐해 보았다.

컴퓨터 강의가 있는 날이었다. 그날의 어려움을 나는 잊지 못한다. 한글타자도 못했으니 고생이 이만저만 아니었다. 아침 5시에 일어나 매일 30분씩 타자연습을 했다. 한글도 모르고 대학에 온 것이나 다름없었다. 졸업 후 신문에 나를 최고령 경영학사 컴도사라고 소개했지만 얼토당토 아니한 소리다. 앞으로 컴퓨터를 좀 더 배워야한다는 생각은 갖고 있다.

이제 자식들은 결혼해서 자기들의 보금자리를 찾아 내 곁을 다 떠나고 없다. 남편과 둘이서 서로의 생활에 충실하게 살고 있다. 자식들이 떠나고 나니 둥지가 텅빈 것 같이 허전하다. 이제 떠난 가족들에 대해서만 연연할 것이 아니라 내 생활을 찾아야겠다. 이른바 빈 둥지 증후군이나 우울증이 온다는 말도 있지만, 새로운 할 일을 찾아서 내 생활을 설계하는 지혜를 터득해야 할 것 같다. 나이가 많다고 그 자리에 머물러 있지 말고 하고 싶은 것을 찾아서 나서야 한다고 생각한다.

나는 테니스, 탁구, 수영, 스케이트 등을 즐긴다. 아이들과 같이 타던 스케이트는 진한 추억으로 남았다. 탁구는 중 · 고등학생 시절 6년을 줄곧 즐겼고 지금도 집에 탁구대가 있어 가끔 친구와 치고 있다. 테니스에 클럽에 들어서 일주일에 적어도 두번은 하고 있다. 수영은 평영으로 이삼백 미터는 별 어려움 없이 갈 수 있는 정도다. 자랑 같지만 운동은 내 삶의 숨통이었다. 힘들었던 나를 지탱해 주었다. 운동을 통해서 노력, 인내, 행복, 우애, 양보, 봉사, 같을 것을 알게 되어 나의 힘이 되었다. 내가 삶에 대하여 방황하고 있던 시기에 운동은 나를 구제해 준 셈이다. 운동은 내가 대학에 입학하기 전에 시작했기 때문에 대학에서 다시 취득할 필요가 없다고 생각해서 학점으로는 취득하지도 않았다.

지금 이화여대 평생교육원에서 수필 과목을 수강하고 있지만 지도 교수님께서 테니스를 즐기신다는 말을 듣고 참 멋있어 보였다. 학구 생활 틈틈이 테니스를 즐기고 계시다면 어떻게 말해도 성공한 삶이 아니겠는가. 그의 삶이 꽉 차 보인다.

부모님의 반대를 무릅쓰고, 그리고 대학공부도 접고 그이와 결혼했던 지난날을 돌이켜본다. 굉장히 손해가 난 것처럼 보였지만 결과적으로는 큰 이익을 보았다고 생각한다. 늦게나마 나의 꿈을 이룰 수 있어 나는 보람을 느끼기 때문이다. 그런 의미에서 경영학과를 선택한 것도 잘한 일이다. 이익을 많이 남겼기 때문이다. 늦게나마 내 인생을 과감히 투자한 것이 성공한 것이다. 처음 나를 아는 모든 사람들이 미친 짓이라고 나를 비웃었다. 하지만 이 세상에서 어디에 미치지 않고 큰일을 이룰 수 있는 것은 없다고 나는 생각한다. 대학을 졸업하는 일이 흔히 있는 쉬운 일로 생각하지만, 내게는 그것이 인생을 투자할 만큼 큰일이었다.

젊은이들에게 하고 싶은 말은 공부는 꼭 때가 있는 법이라고. 주어진 기회는 절대로 놓치지 말라고. 나는 늦은 공부를 시작해서 대학을 마치는 것이 내 인생의 결산이 되고 말았지만 좀 더 일찍 시작했더라면 결산에서 순이익이 더 많이 남았을 것이라는 생각이다.

나는 졸업을 하면서 불효했던 부모님께 엎드려 용서를 빌었다. 결혼을 극구 반대하셨던 부모님의 상하신 마음을 위로해 드리고 싶었다.

아버지, 어머니 저를 용서해 주세요. 이제 제자리에 왔습니다. 늦었지만 어머니의 딸이 대학의 경영학 학사학위를 받았어요. 대학공부 시작하면서 아버지 어머니께 용서받기 위해 열심히 했어요. 그 동안 힘들었지만 아이들은 자리잡고 잘 살고 있고, 어미를 그런대로 이해해 주고 있고, 화목한 가족관계 이루고 살고 있어요. 안심하시고 편안히 쉬세요.

내 생일에 그 애들이 와서 생일축하를 떠들썩하게 해 주었답니다. "사랑하는 우리 엄마 생일 축하합니다." 하고 동네가 떠나가는 큰 소리로 합창을 해 주었지요. 그 애들 저에게 자주 와서 청소도 해 주고 음식도 해 주고 간답니다. 결혼을 그렇게 반대하셨지만, 결국에는 애들에게 잘하라고 하시던 어머니 아버지의 따스한 사랑은 잊을 수가 없어요. 내가 어렵게 받은 경영학 학사학위를 늦게나마 부모님 영전에 삼가 올립니다.

나이 들어서라도 공부를 하게 된 것을 나는 다행으로 생각한다. 남들은 직장에서 퇴직할 나이에 대학을 졸업했으니 취직과는 아예 거리가 멀다. 그렇지만 이제라도 사회에 봉사할 수 있는 작은 일이라도 찾아보아야겠다.

가끔 대학 다닐 때 젊은 학우들과 교류했던 일이 생각난다. 그들 대부분이 낮에는 직장에서 일하고, 밤에는 대학에 와서 공부를 해야 하는 친구들이었다. 그들의 공부에 대한 불타는 의지가 대단했다. 지금 생각하면 소주라도 마시면서 재미있는 시간을 좀 더 가졌으면 좋았을 것 하는 생각이 든다. 그들은 나를 왕언니란 호칭으로 불렀다. 늦게 공부를 시작한 나를 여러 가지로 도와주었고, 항상 내게 따뜻하게 대해 주었다. 군에 입대한 친구들이 이제 제대해서 복학하고 있다면 소주라도 한잔 사주어야겠다.

추운 겨울 강의가 끝나고 같은 방향이라 교수님과 같이 차를 타고 돌아올 때 들었던 교수님의 말씀이 이제 아름다운 추억으로 남아 있다. 그분은 어머니를 일찍 여의었기 때문에 나에게서 어머니 같은 정을 느꼈던 것 같다. 다급한 일이 있을 때 누구보다 먼저 나에게 전화한다고 하였다.

대학을 다니면서 책을 가까이 하고, 시간을 아끼고, 일을 치밀하게 계획해서 실패를 줄이는 일을 배웠다. 이제 남은 삶을 어떻게 보람되게 사용할 것인가를 생각해 보아야겠다. 아무리 나이가 들어도 꿈을 소중하게 간직하고 있어야 할 것으로 생각한다. 늙은 나이에 대학을 졸업할 수 있었던 것은 어떻게든 대학생활을 해 보아야겠다는 꿈이 있었기 때문이다. 비록 남이 볼 때는 보잘 것 없는 것일지라도 꿈을 갖고 있다는 것이 귀중한 것이다. 다음과 같은 어느 시인의 시구가 생각난다.

> 이 일이 전망이 얼마나 좋은가,
> 얼마나 많은 부와 명예를 가져다 줄 것인가,
> 하는 얕은 생각이 아닌, 내 인생을 걸어도 좋을 만큼
> 행복한 일인가에 답할 수 있는 것을
> 나는 꿈이라고 부르고 싶다.
>
> — 이원익의 『비상』 중에서

그는 또 이렇게 말하고 있다. "누군가 그 꿈은 왜 이루고 싶어 하는지 물어오면, '돈을 많이 벌어서, 명예가 좋아서' 라는 대답 대신 내가 그 일을 좋아해서 라고 말할 수 있었으면 좋겠습니다." 라고. 내가 대학 졸업장을 어렵게 얻은 것은 돈을 벌 수 있는 것

도, 명예를 위해서도 아닌지 모른다. 그러나 내가 그렇게 하는 것이 좋아서 한 것이다.

세상을 향해서 이렇게 외치고 싶다. 나는 소중한 꿈을 갖고 있었다고. 그 꿈의 하나는 적어도 실현하였다고. 그리고 지금은 내가 좋아하는 또다른 꿈을 꾸고 있다고.

행복은 어려움과 함께

경숙의 편지 제1신

엄마!

아픈 만큼 성숙해진다고 했던가요? 5일간의 병상생활이었지만 수년이 지나고 새날을 맞는 기분이 드네요.

아버지, 엄마! 정말 죄송하고, 감사해요. 그리고 너무너무 사랑해요. 자식을 낳고, 기르며 어느덧 오십을 넘기면서 이제는 부모의 마음을 다 알겠다고 했건만 칠십이 되고 팔십이 되면 알란가요? 건강하게 말없이 저희들이 행복하게 살아주는 것이 진정한 효도인 것을 이제야 깨닫는 것 같아요. 고생은 조금 했지만 제가 철이 더 들어 부모님의 사랑과 가족의 소중함을 깨닫는 경험도 나쁘지만은 않은 것 같아요.

아버지, 어머니도 건강하셔야 해요. 그리고 즐겁고 행복하게사셔야 해요. 딸자식도 부모님만은 못하지만 항상 부모님의 건강을 걱정하고 있답니다. 빨리 회복되어서 건강한 모습으로 찾아뵐게요.

안녕히 계세요.

2004년 10월 8일, 경숙 올림

경숙의 편지 제2신

엄마 잠 안 자고 쓴 글 잘 읽어 보았어요. 타자를 잘 하니까 아주 긴 글도 잘 쓰시네요. 언제나 엄마는 나보다 하고 싶은 말이 많지요? 살아온 세월도 길고 힘들고 어려운 세월을 살아서 그렇겠지요. 그런데 그 동안 나하고 많은 얘기를 한 것 같은데 아직도 못다 한 말이 있는 거야?

언제든 하고 싶은 말을 해도 좋아요.

그런데 엄마는 언제나 지난 일은 다 잊자고 하고선 정작 잊혀지지가 않나 봐요. 쉽지가 않은 일이지만 엄마가 아버지를 생각하는 마음은 어느 자식이 따라가겠어요? 아버지한테 가장 소중한 사람이 엄마이기 때문에 우리 자식들도 엄마가 정말 소중하답니다. 그리고 엄마한테 맺힌 마음이 있다거나 좋지 않게 생각하는 건 조금도 없어요. 다만 엄마가 만만치가 않아서 조금은 조심스러울 뿐이에요.

이 서방이 친정부모 생각해 주는 마음은 늘 고맙게 생각하고 있어요. 특히 엄마를 극진하게 생각하고 있어요. 엄마도 그것을 잘 알고 계시네요.

엄마! 이제는 진정 앞날만 생각해요. 그리고 좋은 일만 생각해요. 현재를 생각하면 엄마는 누구보다 성공한 삶을 산 거예요. 앞으로 더욱 잘 할게요.

부디 건강하세요.

2004년 10월 9일, 경숙 올림

사랑하는 경숙에게

나는 너희들이 건강하고 구김살 없이 잘 살아 주어서 내가 살아온 날이 보람되고 자랑스럽다. 우리 서로 힘들었던 지난날을 말하자면 또 밤을 새워야하겠지. 아픈 만큼 성숙해진다는 너의 말이 새삼 나의 가슴을 울린다. 친구를 사귀어도 오랜 세월을 두고 새기면 믿는 마음이 그만큼 크겠지. 지난날을 뒤돌아보면 사랑을 나누기에 우리가 너무 조급해서 때로는 오해를 샀던 때도 있었구나. 그렇지만 남이 보기에 지난날의 우리의 삶이 성공한 삶처럼 보이는 것은 모두 너희가 올바르게 자라주었기 때문이다. 너희가 잘못되고서야 어찌 나의 삶이 성공했다고 할 수 있겠느냐. 앞으로도 그렇게 살도록 더 노력하자.

이 서방에게도 늘 고마워하고 있다. 워낙 과묵한 사람이라 말은 별로 없지만, 나를 위해 마음 쓰는 것이 눈에 보인다. 네게 엄마한테 잘 하라고 했다는 이 서방의 깊은 마음의 뜻을 나는 헤아릴 수 있단다. 두고두고 어찌 그 마음을 잊을 수 있겠느냐.

힘들었던 지난날이 추억으로, 보람으로 회상되는구나. 너도 이 서방도 너의 오빠 내외도 자주 집에 왔으면 좋겠다. 너의 동생 민숙이의 이메일로 쓴 편지도 받았다. 그 애가 "이제야 엄마를 한 여인으로 볼 수 있었다."고 한 말은 엄마를 비로소 이해하게 되었다는 뜻이겠지. 그 애가 미국에서 잘 살고 있어서 한결 마음이 놓이는구나. 엄마 밑에서 자라면서 반항 한번 하지 않고 잘 따라준 너의 오빠도 내가 아버지 다음으로 의지해야 할 든든한 기둥이다. 어려움이 있으면 그 애와도 의논을 해야 할 믿음직한 아들이다.

나는 남들처럼 자식에게 지나치게 애착을 갖고 푹 빠지는 어미가 아니라는 것을 너도 알지. 효원 성원에게도 지나친 집착을 하지 않는 것을 보면 다른 엄마들과는 성격이 좀 다르다는 생각이 든다. 60년대는 우리 국민 모두가 가난에 허덕이었지마는 우리 집은 말할 수 없이 어려운 시기였다. 그때 너도 알지? 감자를 많이 먹던 기억을. 쌀 살 돈이 없어서 그랬던 것이다.

나는 부모의 지나친 관심과 사랑이 부담이 되었기에 내 자식들에게는 그렇게 하지 않을 것이라고 결심하였다. 사랑을 주되 보이지 않게, 관심을 가지되 자식들이 부담으로 생각하지 않게 가지는 것이 좋다는 생각이었다. 그것이 내가 자식 키우는 큰 지침

이기도 했다. 더욱이 너희와 나의 관계는 모든 것을 선입견으로 보는 주변의 시선 때문에 말할 수 없는 어려움을 겪었지. 우리의 관계는 지나치게 기대하지 말고, 무리한 것도 요구하지 말고, 긴 시간을 통해서 서로를 이해하고 말없는 가운데 서로의 힘이 되어 주는 것이라고 생각했다. 살아가면서 정을 키워 나가는 것, 그것이 너희와 내가 말없는 가운데 실천한 삶의 원리였지.

지난 내 생일날 생일 축하의 노래를 애들과 함께 부를 때 네 목소리가 제일 크더구나. "사랑하는 엄마의 생일 축하합니다."라고 큰 소리로 부르는 그 목소리 속에서 너의 진한 마음을 알았다.

모정이라는 것은 흉내도 낼 수 없는 가슴 저리는 사랑인 것 같다. 내가 감히 너희에게 어떻게 그런 사랑을 흉내라도 낼 수 있었겠느냐마는 내 딴에는 하노라고 한 보람이 이제야 나타나는 것 같아 마음이 한결 즐겁구나. 세상을 넓고, 길게 보고 혹 마음에 걸리는 일이 있더라도 우리가 지난날 시간을 갖고 해결했듯이 우리 작은 일에 마음을 쓰지 말고, 더 멀리 보면서 정을 쌓아 가자구나. 우리 가슴을 채워줄 보람이, 사랑이, 행복이, 올 것으로 나는 굳게 믿는다. 보람과 행복은 언제나 어려움을 극복한 뒤에 오는 것이 아니겠느냐. 삼청동 어느 예쁜 찻집에서 너와 내가 참 많은 이야기를 했지. 우리 그렇게 자주 만나 아버지 흉도 보면서 속에 담아두었던 말을 좀 하자구나.

네가 보내준 에어컨으로 무더운 여름이면 더운 가슴을 식히면서 너의 따듯한 정에 눈시울을 적시기도 한다. 사실 말이지 내 평생에 에어컨을 달아 본 것은 그것이 처음이었다. 이제 어떤 더위도 걱정 없다는 생각이 든다. 너의 효심이 거기 함께 있으니까 말이다. 겨울에도 그 에어컨이 조금도 짐스럽지 않고 나의 마음을 따뜻하게 해 주는 마스코트가 되어 우리 거실을 장식하고 있구나.

나는 내가 특별히 봉사정신이 강한 사람이라고 생각하지 않는다. 그렇지만 너의 아버지가 부모 모시고 어린 자식들을 셋씩이나 두고 혼자 애쓰고 있는 모습을 보았을 때 못 본 척하고 지나치지 못했던 것이 너희 아버지를 만나게 된 계기가 된 것 같다. 그때 아버지의 서가에 꽂혀 있는 수많은 책을 보게 되었고, 그것이 아버지에 대한 존경심으로 이어져 너희 아버지는 나를 꼼짝 못하게 붙들어 매었던 모양이다. 당시 부모님, 친척, 친구 어느 누구 한 사람 내 편이 되어 준 사람은 없었다. 교회 신부님마저 강력하게 반대해서 나는 눈앞이 캄캄했다. 교회에서 반대하는 것은 당시의 교회법으로는 어쩔 수 없었다. 영세를 받지 않은 불신자하고의 결혼은 허용되지 않았기 때문이다. 나는 그 교회법을 알면서도 너희 아버지와 결혼했다. 우선 교회법보다는 사람의 어려움이 우선이라고 생각되었기 때문이다. 요즈음 와서 너희 아버지는 영세 받으려고 교리공부를 하고 있다. 내가 너희 가정에 들어와서 살게 된 것은 아버지와의 사랑보다도 어려운 상황에 처해 있는 사람을 보고 그냥 지나칠 수 없어 선택한 결단이었다고 말하는 것이 더 옳은 말이라고 할 수 있다. 참 당돌하고 겁이 없었던 어린 철부지였지. 내가 그 어려운 상황에서 십자가를 지겠다고 나섰으니 지금 생각하면 세상을 몰라도 어찌 그리 몰랐을까 하는 생각도 든다. 그 때 스무 살을 갓 넘긴 나이 아니던가. 아버지의 결심도 대단했다고 생각된다. 그 어린 철부지를 아내로 맞아들였으니 말이다.

지금 생각하면 우리 부모님의 마음을 헤아리지 못하고, 그렇게 속상하게 해드린 불효가 두고두고 한이 되어 가슴에 남는다. 이미 세상을 떠나신 그 부모님 영전에 가서 용서를 빌 뿐이다. 너희 할머니가 언젠가 내 손을 꼭 잡으시며, "저 애들을 내가 키워야 했었는데, 너에게 다 맡겨 고생을 많이 시켰구나. 내가 생각이 부족했다. 지금 생각하니 후회가 많이 되는구나." 하시던 말씀이 생각난다. 참으로 고마운 말씀이었다. 할머니가 무슨 힘이 있어 그 많은 식솔들의 뒤치다꺼리를 하시겠느냐. 너희 아버지는 집안의 일은 모두 나에게 맡기고 바깥 일만 하셨다. 나를 그렇게 믿어준 것이 참으로 고맙게 생각한다. 나 그 동안 살아오면서 자주 화를 내기는 했지만 이제부터는 모든 잘못은 다 내 탓이라고 생각하며 기도하는 마음으로 살려고 한다. 다 천주님의 보살핌이었다. 앞으로도 그렇게 살 결심이다.

네가 보낸 메일을 받고 감격해서 몇 자 적는다. 건강 조심하고 만사에 감사하면서 행복하게 살기를 바란다.

2004년 10월 15일 어미 쓰다

사랑하는 민숙에게

이런 행복이 내게 열릴 줄 정말 기대하지 않았다. 너의 편지를 받고 감격해서 나는 밤새 울었단다. 참고 견디면서 너희들을 길러준 보람을 이제야 느끼는구나 하는 생각이 들었다. 네가 나를 이해해주는 마음으로 해서 내 가슴이 더 넓게 열리는구나. 이 서방이 사고로 저 세상으로 가고, 아이들 데리고 혼자 고생하던 너를 제대로 도와주지도 못했는데, 내가 무엇을 해주었다고 말하는지 기억도 나지 않는구나. 하지만 자식을 자립성 있게 키우려는 아버지의 뜻을 너도 잘 알 것이다. 네가 나이가 들어 엄마를 이해해 주고 마음을 열어주니 나는 한없이 기쁘다. 내가 나이 많아지니까 힘도 부치고, 게으르기도 해서 마음 같지 않아 너에게 도움을 주기도 힘들구나. 남을 도와준다는 것은 때를 가리지 말고 행하라는 말이 생각나지만, 옆에 어려운 사람 있으면 절대로 그냥 지나치지 말고 돌보아야 한다는 말을 늘 나는 마음에 두고 살았다. 하지만 그대로 실천했는지는 의문이다. 네가 "엄마한테 받은 것은 많은 데 내가 엄마한테 해드린 것이 아무것도 없었다."는 말을 들었을 때, 진실로 나는 감격하지 않을 수 없었다.

내가 너희 아버지와 결혼하게 되어 너희들과 한 식구가 되어 살게 되었을 때 너는 나에게 스스럼없이 엄마라고 불러 주었다. 그것은 네가 나를 조금의 간격도 없이 내게 다가왔다는 것을 의미한다. 걱정하던 주변 사람들도 그만하면 더할 수 없는 좋은 출발이라고 말했다. 나의 결혼에 걱정이 태산이었던 내 친구는 나를 보고 너의 아버지와의 결혼을 절대로 후회하지 말라고 말했다. 너희가 너무 밝은 표정으로 엄마, 엄마하고 나를 따랐기 때문이다. 사랑 때문에 모든 희생을 각오하고 들어온 나는 그 말을 듣고 금방 부자가 된 기분이었다.

나는 너희에게 사랑을 강요할 생각은 조금도 없었다. 묵묵히 참고 내가 할 일을 다 하면 언젠가는 내 진심을 알아주겠지 하는 생각이었다. 내가 너희에게 지나친 관심을 두지 않고 묵묵히 지켜보고 있은 것은 내 나름대로 터득한 깨달음이었다. 좀 더 가까워지려고 노력하다가 실망하면 오히려 우리의 관계를 그르칠 수 있다는 생각이었다. 그냥 한 집에서 가족으로서 살다 보면 자연스럽게 정이 들게 마련이고, 모녀 사이에서 쓸데없이 생길 수 있는 오해도 자연스럽게 해소될 것이라고 믿었다. 이제 너도 나이가 들었으니 내 마음 어떤 것이었는지 알 것이다. 자식에 대한 엄마의 애틋한 심정 말이다.

어느 시인은 하늘을 우러러 부끄럼 없이 살기를 바란다고 했다. 내가 평생 신조로 삼는 것도 같은 말이다. 내가 너희에게 바라는 것도 너희 삼남매, 그리고 너의 동생 효원 성원이 모두 어느 곳에 살던 바르고 부끄럼없는 떳떳한 삶을 살아가기 원할 뿐이다. 나는 결혼해서 늦게나마 대학공부도 했고, 학사학위도 받았다. 사람의 하고 싶은 욕망이야 끝이 없지만, 어느 정도는 다 해보았다. 그만하면 후회 같은 것을 할 이유도 없다. 나는 아버지 곁에서 그 동안 읽지 못했던 책을 읽으면서 편안하게 소일할 수 있다면 그것이 바로 나의 행복이라고 생각하겠다.

내 나름대로는 너희들을 사랑했지만 아무리 한들 친엄마의 사랑만큼이야 했겠느냐? 너희들도 가슴 어느 곳에는 채우지 못한 친엄마에 대한 간절한 사랑이 있었겠지. 어머니의 사랑이란 하늘과 같은 것 아니냐? 내가 대신 그 사랑을 채워주겠다는 나 스스로의 약속을 늘 다짐하고 있었지만 어디 그것이 그렇게 쉽게 이룰 수 있는 일이냐. 그것은 너희와 내가 서로를 이해해 주는 너그러운 마음이 쌓여 큰 사랑이 될 때 가능해지겠지. 세월이 가면 서로를 이해할 날이 반드시 올 것이라고 조급하게 굴지 않았다.

너의 메일을 받고 이제야 그 때가 오고 있구나 하고 생각했다. 사실은 나도 이제는 나의 속 이야기를 숨김없이 너희에게 털어놓을 수 있다고 생각한다. 너의 짤막한 메일을 받고도 나는 가슴 저미는 눈물이 나왔다. 이것은 시간이 그렇게 만들어 주었다고 나는 생각한다. 사람이 사람을 사귀는데 많은 공력과 시간이 필요하다고 그러더라. 우리같이 너희 아버지로 인해 맺어진 모녀의 인연은 역시 오랜 세월이 필요했다는 것을 알게 되었구나. 그 동안 많은 시련이 있었지만 우리는 이렇게 서로를 이해하게 되고 또 많은 위로도 받지 않았느냐? 시어머니와 함께 살면서 어려움도 많았지만 도움도 많이 받았다. 나는 그 분으로부터 지혜롭게 살아가는 방법을 배웠단다. 어른을 위하면 그렇게 얻어지는 것도 참 많단다. 어른을 공경해야 그분들의 살아온 경험을 전수받을 수 있다는 것을 살면서 알게 되었다. 그렇다고 내가 할머니를 잘 공경하고 모셨다고는 말하기 어렵구나. 미국과 한국의 문화가 다르기는 하지만 부모를 공경하는 것은 어디나 마찬가지가 아니냐. 너도 웨인의 어머니를 공경하면 웨인도 속마음으로 매우 기뻐하리라 생각한다. 노인들의 외로움은 어느 나라이건 같을 것으로 생각된다. 말이야 잘 통하지 않겠지만 눈으로도 몸짓으로도 사랑을 보내기 바란다. 사랑을 주고받는 것은 사람이 사는 세상이면 다 같이 흐뭇한 일이 아니냐?

너희들이 미국으로 떠난 지 벌써 일 년이 다 되었구나. 너도 재혼을 해서 여러 가지로 어려운 점이 많겠지만 웨인 같은 좋은 사람 만난 것을 고맙게 생각하고 항상 감사하며 살기 바란다. 너의 딸 시향이는 무조건 웨인에게 다 맡겨두고 눈치 보지 말고 잘 살아라. 아이들을 네가 너무 안고 돌면 그것도 부부 사이에 문제가 된다. 너희를 내게 맡겨주고 나를 믿어주었던 너의 아버지를 나는 고맙게 생각한다. 너의 경우는 나와는 좀 다르지만, 지금까지 너에 대한 웨인의 사랑으로 보아 그를 믿어도 좋을 것으로 생각한다. 너의 아버지가 자식들에게 길러준 자립정신과 같이 될 수 있는 대로 시향이를 자립할 수 있도록 도와주는 것이 너의 할 일이라고 생각한다. 미국이라는 곳이 원래 아이들의 자립정신을 강조하는 곳이 아니냐?

저번 추석에 효원이는 인도에서 안부 전화를 해 왔더라. 네가 그 애를 어려서 업어주고 놀아주고 그랬지. 누나에게 잘해야 한다고 전화 올 때마다 말한다. 자기도 마음속에 깊이 새기고 있다고 말하더라. 네 안부도 묻기에 행복하게 잘 살고 있다고 말해주었다. 어제 너희 언니 내외는 할머니 제사에 참석하고 많은 얘기 나누고 갔다. 너의 형부는 내가 해주는 음식이 제일 맛있다고 좋아하더라. 너의 가족이 참석 못해서 서운했지만, 그곳에서 행복하게 잘 지내고 있어 무엇보다 마음 놓인다. 서점 일을 네가 많이 도와준다고 하니 웨인이 퍽 좋아하겠구나. 행복하게 사는 것이 눈에 선히 보인다.

웨인이 나를 보고 'mother'라고 부르며 손을 잡아주고 떠나던 날 너희들의 뒷모습이 아련히 떠오른다. 해질 무렵 노을 빛 속에 너의 젖은 눈을 나는 보았다. 그 눈물의 의미를 나는 잘 안다. 이제부터는 울지 말고 웨인과 행복하게 잘 사는 것만 보여 다오. 틀림없이 그렇게 잘 살 것으로 이 엄마는 굳게 믿고 있다.

사랑하는 민숙아, 나의 사랑을 태평양 너머 저쪽 네가 사는 그 곳으로 보낸다. 그럼 안녕.

2005년 1월 10일

사랑하는 엄마가

조애형

소록도에서 나환자들과 함께 보낸 4년

그이를 만난 그 여름방학

장한 어머니 유기봉여사 기념비 앞에서

소록도에서 나환자들과 함께 보낸 4년

우리나라의 최남단 소록도에 위치한 국립나병원을 처음 찾아간 것은 지금으로부터 47년 전으로 거슬러 올라간다. 그때 나는 중학교 교사로 재직중이였다. 세상 사람들이 모두 경원시하는 나환자들이 집단으로 수용되어 있는 곳이었다. 단순히 생활터전을 마련하기 위해서가 아니라 간호학교 시절 마음속으로 다짐하였던 '봉사와 희생' 의 실천장으로서 최적지로 깨달았기 때문이다. 황금 들녘에서 풍년가가 한창이던 1957년 가을이었다.

병원 정문에 붙여진 〈국립소록도 갱생원〉을 보고, "다시 살아나는 병원", "버려진 삶을 되찾게 하는 병원". 그래, 사람들로부터 버림받았던 '나병환자' 들의 삶을 되찾아 주는 병원이란 뜻이겠구나 생각하고, 내가 해야 할 참된 일터를 찾게 하여주신 하느님께 감사를 드렸다.

이들은 삶을 포기하다시피 한 사람들이다. 삶의 보람도 잃고 무의미하게 고달픈 집단촌의 생활을 이어가는 사람들이다. 이들 6,000여 명의 나환자들에게 꼭 필요한 사람은 내가 아닐까, 필요한 곳에 필요한 사람이 함께 해 준다면 얼마나 아름다운 일일까 하고 가슴 조이며 마음속으로 굳게 다짐하였다.

병원장과 면담을 하는 중에 대학생 간호원이 이런 곳에서 어떻게 일할 수 있겠느냐, 모두가 외면하는 곳인데 정말 일할 수 있을까 하는 의아심을 가지면서도 나를 채용해 주었다. 발령장을 받고 보니 간호보조원 발령장이어서 몹시 기분이 좋지 않아 정식 간호원 자격증을 가진 사람을 보조원으로 채용하는 것은 어떤 연유에서인지 따졌더니, 당시 인사과장이었던 장진섭씨가 그렇게 된 연유를 차근차근하게 설명해 주었다. 나를 우선 채용하고 싶은 심정에서 병원에 비어 있는 자리를 활용하고 티오가 나는 대로 정식 간호원으로 발령하겠다는 것이다. 그때부터 간호원으로서의 내 인생의 삶을 시작한 것이다.

소록도는 철조망을 사이로 직원지대와 병사지대로 나누어져 있다. 병사지대는 7부락으로 나누어져서 한 부락이 대략 팔구백 명으로 이루어져 있고, 독신사와 부부사가 구분되어 있다. 환자들은 그곳에서 마음에 맞는 사람이 생기면 결혼을 할 수 있는데, 결혼을 하겠다고 신고를 하면 병원 측에서 우선 정관수술을 해주고, 결혼한 뒤에는 부부실로 옮겨주곤 했다. 6,000여 명 환자를 의사 3명, 간호원 10명(보조원 포함)으로 운영하고 있었다. 의료 직원이 절대적으로 부족하기 때문에 환자들 중에서 중학교 이상의 학력을 가진 사람을 선발해서 의료진을 돕게 했다. 간호 분야는 내가 맡아 교육을 시켰고, 각 부락의 치료소에 배치하여 우리들을 돕게 했다.

중앙리 부락은 주로 중환자들로서 팔다리가 모두 떨어져 나간데다가 눈, 코도 다 문드러진 상태로 그 형상부터가 험하고 가엾은 것은 말로 표현할 수 없는 정도다. 내가 만일 저 병에 걸린다면 어떻게 하나 하고 무서움과 걱정도 수없이 하게 되었고, 하루 300명 이상의 주사처치 등 많은 양의 업무를 수행하느라 급하게 서둘다가는 그 환자들을 놓던 주사침에 찔리는 경우가 허다했는데 그럴 때는 정말 그 병에 걸린 것 같아 몹시도 마음을 조인 적도 여러 차례 있었다. 그러나 점심때만 되면 그 환자들이 기른 돼지고기를 사서 부글부글 끓인 찌개를 놓고 의무과 식구들이 둘러앉아 점심밥을 먹느라면 피곤도, 조인 가슴도 다 풀리곤 했다. 나뿐이 아니라 직원 모두가 그 많은 환자를 적은 인원으로 돌보고 있었으니 그야말로 희생과 봉사의 정신이 아니면 엄두도 낼 수가 없었다.

가장 보람을 느꼈던 것은 환자들에게 D.D.S를 투약한 일이었다. 환자들이 꼭 챙겨 먹도록 확인한 결과 약 2년이 지나니까 재원환자들의 모습이 현저히 달라진 것이다. 얼굴에 울퉁불퉁 솟았던 결절라의 형상이 없어지므로 그 많은 환자 가운데에서 새로 들어오는 환자와 그들을 구분할 수 있게끔 되어서 우리 의사 간호원들이 얼마나 보람을 느끼고 즐거워했는지 모른다.

날이 지날수록 원장님을 위시하여 모든 간부들이 우리 간호원들에게 특별한 배려로 위해주고 사랑해 주었다. 특히 나 조간호원을 유난히 아껴주었는데 그 때문에 고된 일과도 잊고 마냥 즐겁기만 하여 4년이란 세월이 어느덧 흘러가 버렸다.

나는 남편이 서울에 자리잡고 있었기 때문에 어쩔 수 없이 그 정들었던 소록도를 떠나 서울 동대문구 중곡동에 있는 국립정신병원으로 일자리를 옮기지 않을 수 없었다. 소록도에 있을 동안 나를 무척 아껴주고 사랑해 주었던 의료진과 환자분들이 지금도 생생하게 떠오른다. 애절한 삶을 굳건히 살아가고 있는 소록도 나환자들의 모습을 잊었다가도 문득 눈앞에 그리곤 한다. 비록 외모는 흉하지만 그들의 영혼은 성한 사람들 누구보다 고귀하고 아름답다. 나는 밤을 지새우며 그들을 위해 기도드릴 때가 많다. 부디 건강하게 행복한 삶을 누리라고.

(2004. 12)

그이를 만난 그 여름방학

대학 2학년에 재학 중이던 때였으니까 지금부터 48년 전인 1956년 여름방학이었나 보다. 같은 대학의 국문과 친구가 글의 소재를 얻기 위해 소록도를 다녀올 계획을 말했다. 여름방학 동안 함께 여행하기를 제안해 와서 나도 기꺼이 응했다. 소록도는 사면이 바다이고 자연경관이 수려한 곳으로 하늘에서 내려다보면 마치 어린 사슴과 같다고 해서 소록도라고 불리어졌다고 한다. 그때만 해도 일반인들의 출입이 쉽지 않은 곳이었다. 일제 당국이 전국의 나환자를 집단 이주시켜 놓은 곳으로 그 후 국립나병전문치료 및 요양시설이 잘 갖추어진 곳이다. 마침 우리 집에서 멀리 떨어져 있지 않아서 친구와 이곳에서 여름방학을 보내는 것도 뜻 있고 보람된 일이라 생각되어 흔쾌히 동행을 약속하였다.

친구와 우리 집에서 하룻밤을 보내고, 다음날 아침 목적지인 소록도에 가려고 버스터미널을 향하여 걸어가고 있는데 전혀 예상치도 않았던 옛날의 중학교 선배 한 분을 노상에서 만났다. 너무나도 반가웠던 나머지 어린 중학생시절 그대로 부끄러운지도 모르고 손을 잡고 잠시 우연의 해후邂逅를 감격스러워했다. 우리는 그간의 안부를 교환한 뒤 서로의 행선지를 물었을 때 같은 소록도임을 알게 되었다. 같이 간 대학 친구와 선배 그리고 나는 함께 버스에 동승해서 소록도로 향했다.

소록도는 버스 종점인 녹동에서 발동선을 타고 5분쯤 가면 되는 곳이었다. 선배는 그 때 국립소록도병원의 서무과장으로 재직하고 있는 매부 댁을 방문하는 중이었다. 친구와 나는 어머니의 친지인 그 병원 X-Ray 기사 김선생 댁에서 유숙키로 하고 선배와 헤어졌다.

그 선배는 고흥중학교 2년 선배인데 재학 중에는 전교 수석의 성적을 유지하면서 반장에다 학도호국단 대대장 그리고 학교 육상부의 대표선수로서 활약했으며, 배구, 탁구, 유도, 복싱 등 만능 운동선수로서 학교 안에서는 모르는 사람이 없었다. 점심시간이나 방과 후에는 매일 같이 후배인 우리들에게 배구나 탁구를 가르쳐 주었으며 후배들에게는 매우 친절했고 매너도 좋았다. 잘

생긴데다 교복도 항상 단정하게 입고 있어서 모범생으로 흠 잡을 때가 없었다. 우리들은 이 선배를 너나 할 것 없이 아주 좋아했다. 어린 여학생들에게는 우상이나 다름없었다.

지금 생각하면 이 선배와의 인연은 내가 중학교 입학시험에 합격한 그때부터 시작되었다. 당시 여순반란사건 직후라 사회가 극히 혼란해있고, 농어촌은 피폐해서 초근목피로 호구하고 있을 때였다. 정부 당국은 민심 수습을 위하여 학생과 시민단체로 하여금 농어촌 지역 위문공연을 권장했다. 학생들은 지역 청년단체와 협력하여 농어촌 위문단을 조직하게 되었다. 그때 나는 노래나 무용의 재능을 인정받아 입학식도 하기 전에 위문단원으로 선발되어 참가하게 되었다. 전군의 면 소재지 초등학교 강당을 빌어 위문공연을 갖게 되었던 것이다.

그때 나는 무용 〈처녀총각〉과 지금 기억이 나지 않지만 독창으로 몇 곡을 불렀다. 그 선배와는 단막극에 출연하여 박수갈채를 받았다. 지금 생각하면 엉성하기 짝이 없는 공연이었지만 당시 오락이 없었던 농어촌 사람들에게는 큰 위문공연이 된 듯 청중들의 열렬한 반응이 있었다.

바쁜 가운데에서도 그 선배는 틈만 있으면 우리들 후배들에게 이동하는 선박이나 버스 안에서 영어 수학 등을 가르쳐 주었고, 학교생활을 어떻게 올바르게 할지, 국가 사회를 위해 어떤 역할과 책무를 할지 일깨워주었다. 따뜻하고 자상한 선배였기에 우리들은 오빠, 오빠하며 그를 따랐다.

섬에 머무는 1주일 동안 내 친구와 선배 우리 셋은 매일같이 만나 즐겁게 담소하며 보냈다. 넓고 푸른 바다 잔잔한 파도, 소록도 해변의 아름드리 해송의 그늘에 앉아 우리들은 아름다운 미래를 펼쳐 보이기도 했다. 바닷내음을 흠뻑 마시며 푸른 하늘을 향하여 두 팔을 높이 들어 힘찬 호흡을 하기도 하였다.

친구가 글 쓰는 시간에는 선배와 나는 병원 내의 위락실에서 탁구와 당구를 치기도 했다. 당시 나는 운동에도 재질이 있어서 선배와의 실력대결에 결코 지지 않았다. 나는 고등학교 시절 배구 도대표를 한 적도 있었다. 선배와 만나면 시간 가는 줄도 모르고 이야기꽃을 피웠으며, 때로는 중학시절 선후배로 만나 티 없이 재미있게 지냈던 그 때의 일을 되새겨 보기도 했다.

아쉬움을 남기고 선배와는 헤어져 집으로 돌아온 후, 9월이 되어 나는 대학 2학기를 맞을 준비를 하고 있었다. 그 때 선배로부터 뜻하지 않았던 편지가 오기 시작하였다. 방학 동안 소록도에 머물면서 선배와 즐겁게 지냈던 이야기에서부터 미래를 설계하는 이야기, 삶의 의미를 되새기는 이야기 등이 쓰이다가 드디어 나를 사랑한다는 말까지 나오기 시작했다. 매일같이 오는 편지는 잔잔하고 평온했던 내 마음을 온통 요동치게 했으며, 간절한 구애의 편지에 내 마음도 흔들리지 않을 수 없었다.

인물도 잘생겼고, 공부도 잘하고, 운동도 잘하고, 게다가 나에게 특별히 친절을 베푸는 그 선배를 마음속으로 좋아했던 것은 사실이다. 그러나 그분과 나는 순수한 어린 시절의 중학교 선후배 관계일 뿐이지 결혼상대로는 꿈에도 생각해보지 않았다. 게다가 당시 나는 학생신분으로서 학업에 전념할 처지일 뿐 결혼이란 먼 훗날의 일로만 여기고 있을 때였다. 그 분의 열렬한 구혼 편지는 나에게 있어서 일생일대에 감당키 어려운 큰 고민에 빠지게 했다. 나는 고민에 고민을 거듭하다가 학기말 시험에서 한 과목을 치르지 못하고 말았다. 얼마 후 겨우 마음의 안정을 되찾아 추가시험을 거쳐 학점은 받았지만, 한편으로 어머니에게 미안한 마음과 죄책감에 휩싸여 한동안 방황하지 않을 수 없었다. 결국 결심한 것은 지금부터 내가 돈 벌어 학비를 충당하고 대학을 졸업하기로 하였다. 그러기 위하여 부산에 소재한 일신산원에 들어가 조산원 교육을 받기로 했다. 6개월간의 연수과정을 이수하고 고흥의 어머니 집으로 돌아와 잠시 복학준비를 하고 있을 무렵이었다. 고흥 모 중학교에서 음악선생으로 와 달라는 전갈이 왔다.

나는 음악을 전공하지는 않았지만, 초 · 중학교 시절 무용과 음악에 특출한 재능이 있다고 평가되어 학예회나 개교기념일 때는 무용과 독창을 도맡아 한 적이 있었다. 그 실력을 인정받아 음악교사로 초빙된 것으로 생각된다. 그러나 음악 교사라면 필수인 피아노를 치지 못했기 때문에 감당하기 어렵다고 생각되었다. 그래서 완곡하게 거절하였다.

그후 교장선생님은 가정과를 맡아 주었으면 좋겠다고 재차 요구해 왔다. 당시 시골 중학교는 자격증을 가진 사람이 드물었다. 가정과라면 어느 정도 자신이 있어서 승낙하였다. 겨우 한 학기를 마치고 다음 학기가 시작되어 출근하였을 때는 사범대학을 갓 졸업한 교사들이 부임해 왔다. 신임 교사들이지만 모두 문교부장관이 인정하는 정식교사였기 때문에 학교장이 임용하는 강사자격인 나로서는 또 한번의 고민에 빠지지 않을 수 없었다. 하는 수 없이 나는 국가가 인정한 간호원 자격증을 활용할 수밖에 없다고 생각했다. 취직을 하기 위하여 나는 같은 면에 소재한 국립소록도 병원의 문을 두드리게 되었다. 병원 당국에서는 면담 결과 나의 이력서와 경력을 확인하고 그 당장에 채용해 주었다. 당시만 해도 소록도 근무를 자원하는 사람들은 드물던 때라 대학생 간호사가 들어왔다고 전 직원이 나를 크게 환영하는 분위기였다.

나는 중학교 교사로 근무 중에 있으므로 학기를 마친 후부터 근무하겠다고 사실대로 말씀드렸더니 원장님께서는 당장 그날부터 근무를 시작하고 다음날 학교에 가서 강의시간을 조정해서 출근하라고 했다. 강사는 일정 요일에 시간을 집중 배정해 달라고 간청하면 해결된다고 그 방법까지 가르쳐 주었다.

다음날 중학교에 출근하여 교장선생님을 면담하고 나의 입장과 희망사항을 솔직하게 말씀드렸다. 교장선생님께서는 나의 입장을 십분 이해해 주시고 수업시간을 2일간으로 집중 배정할 터이니 병원 근무도 함께 하라고 말씀하셨다. 결국 2일은 중학교 교사로 근무하고, 나머지는 국립소록도 병원에서 근무하는 이중 직장을 갖게 된 셈이었다.

이런 가운데서도 선배는 방학이다 학기말이다 핑계만 있으면 소록도로 나를 찾아와 결혼할 것을 재촉하였다. 한편 고흥의 어머니에게도 기회 있을 때마다 찾아가 결혼을 허락해 주실 것을 간청하였다. 어머니께서는 평소 아버지의 유업을 이을 의사 사위만을 소망하였기 때문에 처음에는 완강하게 반대하셨다. 그러나 우리들의 끈질긴 간청에 굴복하여 마침내 결혼을 허락하게 되었고, 우리가 다시 만난 여름방학으로부터 3년 후인 1959년 11월 28일에 만인의 하객을 모신 가운데 화촉을 밝혀 부부가 되었다. 올해로 결혼 45주년이 된다.

결혼생활 45년, 어찌 보면 긴 세월이지만 신혼을 시작한 것이 바로 엊그제 같다. 우리 둘은 결혼서약에서 백년해로百年偕老 하기로 약속하였으니 그 동안 서로를 신뢰하면서 동고동락同苦同樂하며 살아왔다. 그이나 나나 어려운 고비도 많았지만 묵묵히 인내하면서 자기 하는 일 외에는 옆을 돌아볼 겨를도 없이 나름대로 국가 사회를 위하여 봉사하면서 살았다.

이제 슬하에 2남 1여를 두었고, 그들 모두 사회적으로나 개인적으로 성공한 훌륭한 삶을 살고 있다. 지난여름은 유난히 더웠지만 결혼 45주년이 되는 해라서 남편과 함께 10박 11일의 여정으로 세계적인 문화유산이 많은 동유럽을 여행하고 돌아왔다. 결혼 당시 미루어 왔던 신혼여행이 아닌 구혼 여행을 다녀온 셈이다. 체코, 폴란드, 슬로바키아, 오스트리아, 헝가리 등 다뉴브강 유역에 자리 잡은 유서 깊은 곳을 여행하였는데 수백 년 전에 건축된 사원과 고성 그리고 동화에서나 볼 수 있었던 형형색색의 아담한 아름다운 집들과 평화스러운 이국 마을의 풍경, 옥색 빛 호수와 준령이 어우러진 환상적인 자연경관을 관광하면서 젊었던 시절 소록도에서 그이와 만나 새로운 인생을 시작했던 그날이 새록새록 되새겨져 왔다. 갑자기 나는 그 옛날 여름방학의 추억이 되살아나면서 어린 소녀의 마음처럼 가슴이 설레고 있는 것을 억제할 수 없었다.

생각하면 나의 인생이 결정적으로 회전한 것은 지난날 어느 여름방학 때 그이를 우연히 노상에서 만났던 일이 아닌가 생각한다. 그 만남이야말로 우리들의 운명을 결정짓게 한 큰 계기가 된 셈이다. 하나님이 우리들에게 베푸신 크나큰 은총이 아닌가 싶다.

(2004. 8)

장한 어머니 유기봉여사 기념비 앞에서

어머니!

여느 때처럼 오늘도 어머니 생각하며 경의와 감사의 기도를 드립니다. 해마다 이맘때만 되면 오월의 태양처럼 우리 사남매를 따뜻한 가슴으로 감싸주시고 우리에게 사랑과 인내와 봉사의 정신을 일깨워 주신 어머니의 생각이 더욱 간절하여 이렇게 애절하게 어머니를 불러 봅니다.

어머니!

오늘은 어버이 날입니다. 이 세상 모든 사람들이 다 그러하겠지만 부모님에 대하여 각별한 뜻을 기리는 날이라고 생각합니다. 어머님은 저에게 특별한 어머님입니다. 율곡의 어머니 사임당 신씨처럼 생전에 많은 가르침을 몸소 행하셨건만 어리석은 소녀는 그 만분지일도 실천하지 못한 것을 뼈저리게 느끼고 있습니다. 특히 어머님의 뜻을 거스른 많은 불효를 행한 소녀를 용서하십시오. 새삼 그 어리석음을 반성하고 회개하는 날이라 생각합니다.

어머니!

지난 3월에는 공직생활을 같이 하였던 친구들의 모임인 청운회 가족들과 월남전의 진원지였던 하노이와 캄보디아로 역사기행을 하였습니다. 하롱베이의 넓고 푸른 바다와 그 위에 떠있는 듯하다 아름다운 많은 섬들, 그리고 인간 능력의 한계를 극복한 앙코르왓드의 웅장한 사원과 빼어난 조각들을 관광하면서 새삼스럽게 어머님 생각이 났습니다. 어머님을 모시고 함께 관광하였다면 얼마나 좋아하셨을까 하는 아쉬움이 있었기 때문입니다.

어머니!

요즈음 우리들은 마음의 여유를 가지고 이렇게 좋은 구경도 하고 견문도 넓히면서 생활하고 있습니다. 하지만 어머니는 평생 헌신과 봉사로 삶을 일관하면서 하루도 편안히 쉬신 날이 없었지요. 새삼 어머님의 위대하고 거룩한 삶에 경의를 표합니다.

어머니는 개성에서 태어나 호스돈여학교를 졸업하고 공부를 더 하겠다는 뜻을 가지고 일본 유학을 결심하셨다. 그러나 외할아버지의 허락을 받지 못하자 몰래 집을 빠져 나와 개성역에 와서 기차를 타려는 순간 외할아버지에게 발각되어 향학의 꿈을 접어야 했다고 한다. 그 후 외할아버지의 친구인 개성도립병원 원장의 권유로 조산원 교육과정을 마쳤고, 조산원으로 근무하던 중 원장님의 소개로 같은 병원에 근무하고 계시던 경기도 양평이 고향인 경의전 출신(현 서울대학교 의과대학 전신) 의사와 백년가약을 맺으셨다고 한다. 결혼 후 아버지는 우리나라 최남단 전라남도 고흥군의 공의로 발령되어서 그 곳에서 무의촌 의료봉사 활동을 함께 하시면서 짧은 생애를 마치셨다. 고흥은 아버지나 어머니 아무에게도 일가친척 한 분 없는 낯선 고장이었다. 지금 생각하면 가난하고 불쌍한 사람에 대한 의료봉사는 이미 아버지의 뜻에서 시작되었고, 어머님은 그 뜻을 이어받아 많은 일을 하셨지만 나 역시 지금까지 알게 모르게 그 아버지의 그 정신을 이어받아서 사회에서 활동하였다고 해도 결코 틀린 말이 아니다.

아버지가 남겨 놓고 가신 우리 사남매(1남 3여)를 키우느라고 어머님은 온갖 고생을 하신 것을 나는 안다. 아버지가 세상을 하직한 것은 어머니와 결혼한 지 겨우 10년이 되던 해였다고 한다. 어머님은 어린 철부지 사남매를 혼자의 몸으로 키우면서 얼마나 비통한 눈물을 흘리셨을까. 지금도 생각해도 가슴이 저리다.

그러나 어머니는 좌절하지 않았다. 당시 내가 9살, 그 밑으로 두 살 터울로 삼남매가 있었다. 어머님은 어린 자식들을 보고 용수철처럼 일어나서 이를 악물고 일을 하기 시작하셨다고 한다.

조산원 일을 다시 시작하신 것이다. 그렇게 해서 37년 간, 숨 쉴 겨를도 없이 우리 네 자녀를 키우며 헐벗고 굶주리는 어려운 사람들을 위하여 봉사하면서 살았다.

버스는 물론 다른 어떤 교통수단도 없던 산골 오지에서 생사의 기로에 선 산모가 있다고 하면 만사를 제치고 단신으로 칠흑같이 어두운 밤길을 걸어서 산모를 구하러 가셨다고 한다. 때로는 조산료를 받기는커녕 자신의 주머니를 털어서 밥과 미역국을 끓여 주셨고, 산모가 건강을 회복할 때까지 며칠 밤을 지새우며 돌보았던 적이 한두번이 아니라고 한다. 산골 오지에서 산모를 돌보다가 피로에 지쳐 귀가하게 되면 아무렇게 쓰러져 자다가 다시 산모가 진통하고 있다는 말만 들으면 오뚝이처럼 벌떡 일어나 달려가셨던 어머니, 찢어지게 가난했던 산모 200여 명의 뒷바라지를 하면서 박애의 정신으로 극복하셨던 어머니, 어머니는 어떠한 고난과 역경 속에서도 좌절하지 않고 항상 즐거운 마음으로 사람들에게 그 사랑을 베푸신 것이다.

어머니의 그 사랑과 봉사정신을 생각하면 내가 받았던 그 영광스러운 〈나이팅게일〉 상은 당연히 어머니가 받으셨어야 했다. 어머니는 돌아가시고 이 세상에 계시지 않으니 내가 어머니 대신 받은 것이다.

내가 중학교 2학년 되던 해 6 · 25 전쟁이 일어났다. 민족상잔의 이 비극이 시작되었을 때 양평 아버지 고향에서 아버지 형제분과 그 자녀들, 그리고 개성의 외삼촌과 그 가족들 모두 합해서 30여명이 우리 집으로 피난을 왔다. 온 집안이 그야말로 집단수용소와 같은 아수라장을 이루고 있었다. 피난온 조카들의 진학은 상상조차 할 수 없는 상황에서 내 딸만 고등학교에 진학을 허락할 수 없다고 판단하신 어머니는 나에게 관비생이 되는 간호학교 진학을 권고하셨다. 어려운 집안 사정과 어머니의 뜻을 따라 그렇게 하기로 결심하였으나 평소 간호원이란 생각도 해본 적도 없고 간호학교가 있는지조차도 몰랐던 때였다.

나는 그때까지 큰 병원은 가본적도 없었기 때문에 아버지가 살아 계실 때의 우리 집 병원처럼 아버지와 조수들만 있는 것으로 알았다. 따라서 간호원이란 보지도 생각지도 아니 해서 어머니의 말씀대로 간호학교에 들어가긴 했지만 왠지 간호학교가 마음에 들지 않아 다니고 싶은 생각이 별로 없었다. 방학 때는 물론이지만 아버지 기일에 제사 참례를 핑계로 보따리를 싸들고 집으로 왔을 때가 한두번이 아니다. 그때마다 어머니는 “아버지 제사는 참례하지 않아도 좋으니 학교에 가서 공부나 열심히 해라. 여기서 학업을 중단하면 대학은 진학하지 않겠다는 것이냐.” 하시며 야단도 치시고 조용히 타일러 주기도 하셨다.

그러나 간호학교 3년 과정은 다른 어떤 것보다 인내와 희생, 그리고 봉사정신을 심어 주는 과정이었던 같다. 그렇게 싫던 간호학교의 교육과정을 다 마쳤을 때는 내 일생 사회에 봉사하겠다는 신념을 스스로 다지는 중요한 계기가 된 것을 깨달았다.

간호학교 졸업을 앞두고 나는 대학에 진학할 생각으로 입학원서를 들고 상경하였다. 서울대와 이화여대 의예과에 접수하려 하였으나 간호고등기술학교는 고등학교 자격을 인정할 수 없다고 원서접수를 거절당하였다. 그때의 좌절감이란 이루 말로 표현할 수 없었다. 내게는 청천벽력 같은 충격이었다. 이런 충격 속에서 어떻게 국립전남대학교 문리대 영문과에 입학되었다. 어머니가 그처럼 소망하던 의대나 약대는 이미 흥미를 잃었던 때였으므로 영문과는 단순히 피난처로 생각하였던 것이다.

어머니께서는 의사사위만을 고집하셨다. 아버지와 삼촌들이 의사였으므로 어머니는 나의 배우자를 의사사위로 보는 것을 당연한 것으로 아셨다. 어머니의 심정을 충분히 이해는 하지만 나의 배우자가 꼭 의사가 되어야 한다는 말씀은 따를 수가 없었다. 나의 남편 될 사람은 당시 말단 공무원이었으므로 마지못해 결혼을 허락하였으나 마음에는 불만이셨다. 어머니는 평생 나의 결혼을 무척 안타깝게 생각하셨고, 항상 애처로운 눈으로 나를 보셨다. 어머니께 깊은 상처를 안겨드리고, 어머니의 그 한을 풀어드리지 못했던 일이 한없이 죄송하여 머리 숙여 사죄를 드리고 싶다.

지금 되새겨보면 그때 어머니의 마음속에는 자식들이 의사가 되어 아버지의 유업을 이어 받기를 소망하셨으리라. 하나뿐인 아들이 의과대학에 합격하였을 때 그 기쁨과 감격은 말로 이루 표현할 수 없었을 것이다. 어머니의 환하게 웃으시던 모습을 잊을 수가 없다. 동생이 의과대학을 졸업하고 일반외과 전문의로서, 의학박사로서 옛날 아버지의 병원에서 개업을 하였을 때 그렇게도 기뻐하시고 자랑스러워 어쩔 줄 모르셨던 우리 어머니, 그때 나는 내게 걸었던 소망을 동생에게서 이루는구나 생각하며 나도 마냥 즐거워했던 것을 기억한다.

둘째와 셋째 사위도 의사로 맞이하셨고 지금 그들은 자녀가 여섯, 모두가 의사가 되었으니 저승에서도 어머니는 웃고 계실 줄 믿는다. 이 모든 것이 다 어머니의 은혜라고 생각하며 감사를 드린다.

어머니!

저도 2남 1여를 두었습니다. 큰애는 경영학박사로 모교인 고려대학에서 후학 양성에 전념하면서 컨설팅 회사를 설립 운영하고 있으며, 큰며느리는 이화여대와 연대 경영대학원을 수료하고 광고회사의 사장으로 일하고 있습니다. 어머니께서 생전에 그렇게 사랑해 주셨던 둘째는 10년 전 사법고시에 합격하여 검사로 재직하면서 정의사회 구현에 이바지하고 있으며, 둘째 며느리는 홍익대학교에서 박사과정을 이수하고 대학에 출강하면서 어린이 미술관 관장으로 활동하고 있습니다. 나의 막내딸은 일본 유학에서 돌아와 우리나라 제일의 유명 여성의류회사의 디자인 실장으로 일하고 있습니다. 그 애의 남편은 지금 대기업의 중견간부로 일하고 있습니다.

어머니!

생전에 그렇게도 안타깝게 생각하시던 저의 남편 큰사위는 꾸준하게 맡은 바의 소임을 성실하게 수행하는 사람으로서 말단 공무원에서 승급을 거듭해서 마침내 고급 공무원이 되었습니다. 지금은 정년퇴임을 해서 환경관련 사업을 하고 있습니다. 그 분야 전국 협회장으로서 또한 생애 마지막 봉사를 하고 있습니다.

어머니!

어머니께서는 교육사업과 여성운동, 그리고 지역사회 발전을 위해 특별한 관심과 열정을 가지셨던 사회적 귀감의 표상이셨습니다. 37년간의 조산원 생활 가운데 약 200여 명의 영세 산모의 무료 진료와 그 뒷바라지를 하셨고, 고아원생에 대한 장학금 지급, 전몰군경유가족돕기의 공로로 1970년 1월 5일 〈제2회 여성교육 유공자상(문교부장관)〉을 수상하셨고, 다음해 5월 8일 〈어버이날〉에는 대통령으로부터 〈장한어머니상〉을 수상하였지요. 어머니의 크신 행적을 어찌 이런 상으로 다 보상할 수 있겠습니까마는 국가에서도 어머니의 값진 노고를 알고 있다는 뜻이 아니겠습니까?

어머니는 약 30여 년간을 한국부인회 고흥지회장으로 재임하시면서, 어려운 가운데서도 사비를 들여 고흥군 여성회관을 건립

기증하셨고, 여성의 사회참여 의식 고취와 여권 신장을 위해 헌신 봉사하셨으므로 이러한 어머니의 공을 기려 고흥 군민들이 성금을 내어 어린이 공원 내에 장한 어머니 유기봉여사 기념비가 건립되었음을 알고 계시지요. 참으로 장하신 우리 어머니이십니다. 다시 한번 훌륭하신 어머니께 경건한 마음으로 감사의 기도를 드립니다.

어머니!

옛 선인들의 말씀에 화향천리행 인덕만년훈花香千里行, 人德萬年薰이라 하였습니다. 어머니가 이 세상에 남기신 위업은 우리들 자손만대에 길이 빛날 것을 확신합니다.

어머니의 기념비 앞에 엎드려 위업을 다시 한번 마음속에 새기며 간절하게 기도드립니다.

어머니!

부디 하늘나라에서 편히 쉬십시오.

2004년 5월 8일 불효녀 큰딸 조애형 드림

새로운 지평을 위하여 이수회 3수필집

2005년 4월 5일 1판 1쇄 인쇄
2005년 4월 10일 1판 1쇄 발행

엮은이 이 수 회
펴낸이 한 봉 숙
펴낸곳 푸른사상사
등 록 제2－2876호
서울시 중구 을지로3가 296－10 장양B/D 701호
대표전화 02) 2268－8706~7 **팩시밀리** 02) 2268－8708
메일 prun21c@yahoo.co.kr / prun21c@hanmail.net
홈페이지 //www.prun21c.com

값 12,000원
ISBN 89－5640－324－4－03810